마법 같은 언어

The Magical Language of Others

마법 같은 언어

같은 밤을 보낸 사람들에게

고은지 지음 | 정혜윤 옮김

다산책방

* **일러두기**

1. 이 책은 E. J. Koh, *The Magical Language of Others*, Tin House Books, 2020을 옮긴 것이다. 원서에는 어머니에게서 받은 한글 편지를 저자가 직접 영어로 옮긴 번역문이 포함되어 있다. 한국어판에서는 편지의 내용을 별도의 활자로 옮기지 않고 사진으로만 담았다.

2. 본문의 주는 모두 옮긴이의 것이다.

3. 원문에서 이탤릭체로 강조한 곳은 고딕 글씨로 표기했다. 또한 영문을 바로 적은 경우 인용, 강조, 일부 예문 외에는 되도록 따옴표를 생략했다.

번역에 관하여

엄마의 편지는 늘 '안녕'이란 한국말로 시작한다. Hi 또는 Hello란 뜻이다. 번역할 때 나는 두 단어를 모두 사용한다. Hi는 햇살처럼 퍼져 나가는 말이다. 상대의 반응을 기대하지 않고 에너지를 전해주는 느낌이다. 그러므로 가벼운 손짓이나 미소만으로도 충분한 화답이 된다. Hello는 부메랑을 던지듯 응답을 기다리는 말이다. "Hello" 하고 전화를 받으면 침묵 속에서 우리를 부르는 목소리가 들려올 것이다. Hello는 Hallo 혹은 Hollo가 변형된 말로, 뱃사공을 부르는 고대 고지독일어 Halâ 혹은 Holâ에서 유래했다. Hello는 일종의 질문이다. "너 거기 있니?"

라는. Hello는 나를 저 드넓은 바다 너머로 던져놓는다.

'은지'는 엄마가 내게 준 이름이다. '은'은 '자비mercy'와 '친절kindness'을 뜻하는데 친절보다 자비에 더 가깝다. '복을 빎blessing'과 '복을 받음blessed' 사이 어딘가에 있다. '지'는 '지혜wisdom'와 '앎knowing'을 뜻한다. '총명함intelligence'보다는 '분별력judiciousness'에 더 가깝다. 그러니까 은지는 고집불통이나 천진함과는 거리가 멀다. 부드러움, 섬세함과 공명한다. '앤절라Angela'는 내 세례명으로, 성녀 안젤라 메리치에서 따온 이름이다. 엄마는 사람들 앞에선 나를 앤절라로 부른다. 앤절라는 그 이국적인 성격 때문에 공적으로 부르기에 적절하다. 요컨대 은지는 엄마의 것이고, 앤절라는 다른 모든 이의 것이다. 오빠는 창현이나 세례명인 존John 또는 네 오빠라고 부르고, 아빠는 네 아빠라고 부른다. 엄마에게 엄마 자신은 항상 엄마다.

엄마는 편지에서 언제까지고 아이일 뿐인 대상에게 말을 건다. 이는 갑자기 엄마가 자기를 삼인칭으로 말할 때 더 분명해진다. "기분이 좀 좋아지고 엄마하고 또 얘기하고 싶으면 전화해." 엄마의 삼인칭은 어쩌면 엄마로서의 보살핌이기도 하다.

내 한국어는 여태 아이 수준에 머물러 있기에 엄마는 아이 같은 말투로 말한다. 대개 기초 회화 수준에 맞춘 것이다. 고급 어휘를 쓸 땐 한영사전에서 가장 대표적인 뜻을 찾아 본래 단어 대신 혹은 그 옆에 괄호를 치고 영어로 적어 넣는다. "이모는 엄마가 우리 은지 있는 게 너무 부러운(envy)가 봐."

엄마에겐 번역이 숙제이기도 하지만 특별한 재미이기도 하다. 가끔 엉터리로 번역할 때도 있다. 이를테면 '다짐promise'이란 말 아래 promise 대신 confirm을 쓰면서 conform이라고 철자를 틀리게 적는 식이다. "늘 스스로에게(myself) 말해주고 다짐하는(그렇다고 conform하는 것) 거지." 엄마의 실수는 긴장을 툭 끊어내는 혹은 슬픔을 멎게 하는 재미가 된다. 또 다른 편지에선 '홍보promotion'를 뜻하는 말을 '정치 선전propaganda'으로 번역한다. "나를 내세우고 자기 피알(propaganda)을 해야만 알아주는 사회가 됐거든." 약간씩 과녁을 벗어난 엄마의 번역은 혼란과 유머로 위안이 되어준다.

"last of my life(남은 평생)"나 "하느님은 fair하시거든"처럼 엄마가 그냥 영어로만 쓰거나 한국식 영어로 바꾼 단어도 있다. 일본어 단어도 엄마는 한글로 바꾸어 적었다. "나니가 호시이데스까."

한국어에는 정말 재미난 문구가 많다. 가령 "아자, 아자, 파이팅!"이란 말엔 각 의미 단위를 서로 연결하는 단어가 하나도 없다. 영어로 번역하자면 "Let's go, let's go, fight!" 정도로, 싸우라는 뜻이다. "아자, 아자"는 즉각 행동에 나서도록 내면에서 투지가 솟구쳐 오르는 소리다. 모두 강인한 의지를 북돋는 말이다.

여러분은 내가 답장을 썼는지 궁금할 테다. 편지는 엄마만 일방적으로 썼다. 내가 엄마에게 편지를 쓴다는 건 생각만 해도 견디기 힘든 일이었기에. 한국어는 나에겐 먼 언어였다. 그러나 언젠가는 가까이 다가가게 되리란 걸 의심한 적은 단 한 번도 없었다.

편지는 엄마가 쓴 모습 그대로이고, 순서를 뒤바꿔 실은 것도 있다. 편지에 적힌 재회 일정 가운데 일부는 실제로는 다른 날 이루어졌다.

내 번역이 완벽하지 않음을 잘 안다. 만약 엄마의 편지가 잠을 잘 수 있다면 나의 번역은 그것이 꾸는 꿈일 것이다. 편지는 내가 머무는 곳이 어디든 그곳으로 엄마를 데려와 거듭거듭 엄마의 사랑을 베풀어준다.

몇 통은 버리거나 잃어버렸고, 그 뒤에 남은 편지가 마흔아홉 통이었다. 불교 전통에서 49는 영혼이 저승으로 떠나기 전 답을 찾아 이승을 떠도는 날의 수다.

고은지

차례

1

복수

Date. Page. one

은지에게.

안녕 안녕 안녕 우리은지.
잘 지내고 있다며?
어제 전화 했잖아.
엄마가 좀 화가 났었거든, 너한테가 아니고
엄마가 잘 보살피지 못하고
너네들을 너무 지저분한 곳에서 살게 하는구나' 하는
그런 생각이 들었어.
엄마랑 같이 살고 있었으면 개도 안키웠을 테고
은지가 매일 혼자 집에 있지도 않을테고, 그치?
너희들 마음대로 T.V도 사고,
of cause 그럴수도 있지만.
Any way 다 괜찮아. 괜찮아.
시간이 지나니까 '그럴수도 있지' 그렇게 생각이 든다.
그래도 Aesom이 네방에 들락거리며
우리은지 몸에, 옷에 개털이 막 묻는다고 생각하면
지금도 속이 상해.
이해는 하지?
참. 지원이 아줌마 딸 지연이 언니는 KBS 방송국에
드디어 (Finally) 합격 했다. (pass)
내년부터 아나운서가 되서 TV에 나올꺼야.
지원이 아줌마가 너무 좋아서 울면서 전화 했더라.
정말 잘됐지?
1년 반을 시험을 몇번을 봤는지 몰라.
정말 정말 축하할 일이야.
하느님께 감사 해야지
요즈음에 아줌마네 안좋은일만 있었거든.

Date. Page. two

하느님은 fair 하시거든
우리 은지도 지금은 힘들고 외롭겠지만
곧 좋은일도 생길꺼야.
원하는 대학에도 들어가고 또 대학 graduate
하고 job 가지고,
앞으로 좋은일만 많이 많이 생길꺼야.
Specially, College에 가서 good boy friend도
생기고,
엄마는 생각만 해도 즐겁다. 그치?
시험이 꼭 일주일 남았구나.
이 편지는 시험보기 하루전이나, 보고나서
도착 (arrive) 하겠다.
기분이 좀 좋아지고 엄마하고 또 얘기하고 싶으면
전화해. 기다릴께.
내일은 종현이네 큰 엄마가 놀러온대.
같이 찜질방에 갈거야.
너도 가고 싶지? I know!
찜질방에 식당 아줌마 있지?
그 아줌마가 우리 은지가 지연이 보다 이쁘대.
엄마 생각도 그래.
이쁜 은지.
열심히 살고 항상 씩씩해야 하는거 알지?
은지가 happy 해야 엄마도 happy 하고.
지금도 편지 finish 하면 pray 할께.
"하느님, always 우리 은지. 창현이와 함께 하시고
우리은지 원하는 College에 갈수 있도록 도와주세요"
이렇게 말야.
내일 또 쓸께. 안녕. be happy

mom
11/28/05

현재는 과거의 복수다.

한국엔 전생에 자신이 가장 마음을 아프게 했던 사람의 부모로 다시 태어난다는 믿음이 있다. 나는 1988년 캘리포니아주 새너제이의 오코너병원에서 태어남으로써 복수에 성공했다. 억울한 누군가의 환생이었기에 엄마의 몸 한 조각을 도려내며 태어나도 마땅했다. 9월 말이었다. 평범한 2.7킬로그램짜리 아기가 아닌 4.5킬로그램짜리 우량아의 정수리가 엄마의 몸을 찢었고, 어깨가 빠져나올 땐 하마터면 엄마를 죽일 뻔했다. 푸르스름하게 비치는 혈관으로 뒤덮인 단단한 몸에 털이라곤 눈썹 몇 가닥이 전부인 여자아이가 배가 고파 죽겠다고 얼마나 바락바락 울어대는지 엄마와 의사는 둘째도 꼭 남자아이 같다고 생각했다.

그날 엄마는 찢어진 부분을 대충 닦고 병원을 나와 열일곱 평짜리 아파트가 있는, 밀피타스시 하수처리장 근처에 빽빽하게 들어선 서니힐 아파트 단지를 지나치고 도심을 가로질러 세탁소로 곧장 출근했다. 일을 시작한 지 한 달도 채 안 된 시점이었기에 엄마는 출산하느라 절개했던 회음부 봉합이 풀렸단 말은 누구에게도 할 수 없었다. 엄마는 화장실에 숨어 울었다. 어린 나이에 모친을 떠나보낸 엄마는 결혼하기 전까지 자기 형제를 돌봤다. 그러곤 1년 전 남편과 그의 노모 그리고 내 오빠인 어린 아들과 함께 이 나라로 왔다. 엄마를 위로할 수 있는 사람은 오직 고향에 있는 오빠와 남동생, 언니뿐이었다. 아픈 곳을 어루만지는 엄마의 두 눈은 꼭 라이언마켓에 내걸린 구운 오리 눈처럼 퉁퉁 부어올라 앞이 보이지 않을 지경이었다.

네 살 때 의사는 나에게 말을 못 하거나 거부하는 언어장애가 있는 듯하다고 의심했고, 내가 글을 읽을 수 있는지 없는지는 아무도 몰랐다. 나는 4년 반 동안 말을 전혀 하지 않았다. 그래도 엄마는 베리에사 벼룩시장에서, 밀피타스의 라이언마켓에서, 프레즈노의 야오한플라자에서 내 이름을 불쏘시개 삼아 부지런히 내 존재의 불씨를 피워 올렸다. 학교에선 나를 학습 장애 아동을 위한 특수학교에 보내는 게 좋겠다고 했다. 엄마에게 그건 상상도 할 수 없는 일이었기에, 자신이 직접 나를 가르치기로 했다. 그러려면 집에 머무는 시간이 더 길어져야 했다. 아빠가 학교를 졸업할 때까진 추가 수입이 절실했지만 그래도 어쩔 수 없었다. 할머니가 같은 방에 요를 깔고 낮잠을 주무시는 터라 우리 집인데도 엄마는 목소리를 낮춰 말했다. "에쁠." 애플. 엄마는 사과를 집어 들었고 한 입 베어 물었다. 그럼도 그렸다. 고통에 찬 엄마라면 스스로 눈물이 나도록 아이를 다그칠 수 있었다. 엄마가 나를 임신한 사실을 알게 됐을 때 아빠와 할머니는 아이를 지우자고 했다. 하지만 엄마는 딸일지도 모른단 생각에 꿋꿋이 버텼다. "에쁠." 병원을 네 번째 방문할 때까지 이어진 그들의 설득을 번번이 거절했다.

내가 다섯 살, 오빠가 아홉 살이던 1993년, 나는 샌타클래라 대학교 잔디밭 야자수 아래에서 엄마를 향한 사랑으로 가슴앓

이했다. 마침내 예전 모습을 되찾은 엄마는 뾰족뾰족한 옷깃이 달린 빨간 스리피스 양장 차림에 롤브러시로 매만진 머리를 하고, 마치 자기가 내뿜는 빛에 갇힌 수인처럼 서 있었다. 누이 한 명을 포함해 일곱 남매의 막내인 아빠는 1년 전, 벽돌처럼 생긴 붉은색 『웹스터 뉴 월드 사전Webster's New World Dictionary』을 들고 그곳에 다니기 시작했다. 아빠는 그 사전으로 영어를 익히며 샌타클래라대학교에서 컴퓨터공학을 배웠다. 엄마가 일하는 동안 아빠는 도서관에서 공부했다. 두 분은 아빠의 학위가 미래를 밝혀주리라 믿고 그러기로 했다. 183센티미터의 키에 몸무게가 64킬로그램인 아빠는 헐렁한 셔츠와 바지를 아무 불평 없이 입고 다녔다. 아빠는 한국 군대에서 다져진 차분한 목소리로 내게 말했다.

"어떤 사람들은 네 엄마나 오빠처럼 똑똑하지 않으면 아무것도 이룰 수 없다고 믿지. 하지만 우린 뭐든 다 이룰 수 있어. 첫째로 재밌고, 둘째로 겸손하면 말이지."

야자수 밑에서 우리와 함께 졸업 사진을 찍은 아빠는 일을 시작했고, 엄마는 일찍 집에 돌아왔으며 우리 집은 엄마가 뿜어내는 해방의 기쁨에 들썩였다. 얼마 지나지 않아 우리는 서니힐에서 24킬로미터 남짓 떨어진 프리몬트시의 한 주택으로 이사했고, 아빠는 1993이란 숫자가 새겨져 있고 빨간 루비가 박힌 금으로 된 자신의 졸업 반지를 아내에게 끼워주었다.

90년대 중후반 우리 가족은 큰 행운을 만났다. 아빠는 실리콘밸리에 차고만 한 사무실에서 시작한 통신망 회사에 다녔다. 그 회사의 첫 직원으로 고용된 뒤로 주식만 받고 일하며 끝까지 버텼다. 1달러에 불과했던 회사 주식은 하룻밤 새 280달러로 치솟았고, 기도로 세월을 보내던 부모님은 성공을 누릴 준비가 되어 있었다. 두 분은 보리차 두 잔으로 축배를 들고 집을 내놓았다.

부모님은 샌프란시스코만이 내려다보이는 언덕 꼭대기에 있는 새집을 샀다. 화강암과 대리석으로 부엌을 꾸미고, 퇴창과 식탁 위 샹들리에에 해가 머무는 모습을 자랑하지 않으려 조심했다. 키 큰 새장 속에선 엄마가 내 열세 살 생일에 깜짝 선물한 하얀 잉꼬가 깃을 단장했고, 검정 화병에 꽂힌 국화꽃은 고개를 까딱이며 온 집 안을 향기로 채웠으며, 에메랄드빛 잔디밭에선 자동 살수기가 물을 뿜어내며 보도와 벽돌 바닥 위까지도 물방울을 튀겼다. 미래에서 실리콘밸리라는 골짜기를 거쳐 우리에게 불어온 바람은 끝없이 좋은 소식을 실어 날랐다.

내가 학교에서 돌아왔노라고 알리려 부리나케 안방으로 달려가니, 방문 너머로 이불이 고래가 헤엄치듯 펄럭이는 게 보였다. 아빠가 몸을 바로 누이며 욕을 내뱉었고, 이불 밖으로 엄마의 머리카락과 손이 불쑥 튀어나왔다. 만약 전에 두 분이 싸우는 걸 본 적이 없었다면, 두 분이 어떻게 사랑을 나누는지 절대 알지 못했을 것이다. 두 분은 행복한 부모가 하는 일을 하고 있었다.

만약 부모님이 놀란 적이 있다면 그건 아마 아빠가 한국의 한 전자 회사로부터 어이없을 정도로 좋은 자리를 제안받은 때였을 것이다. 당시 나는 열네 살이었다. 회사는 아빠에게 서울로 와서 자기네 기술 부서를 이끌어달라고 요청했다. 어쩌면 그 회사가 과장한 것일지도 모르지만, 어쨌든 그들은 아빠에게 팩스로 3년짜리 계약서를 보내왔다.

부모님은 주변 사람 누구에게도 알리지 않고 자기들끼리 고심했다. 이런 기회는 다른 사람들이 알면 질투하거나 트집 잡을지도 모르기 때문이다. 혹자는 그런 제안을 받아들일 만큼 야심이 없고, 혹자는 더없이 좋은 조건인 만큼 계약 기간을 더 늘려달라고 요구할 것이다. 자리도 급여도 부모님의 얼굴에 놀란 표정을 자아낼 만했다. 두 분은 잘라놓은 과일을 앞에 두고 참외를 꼭꼭 씹어 먹으며 의논했다. 회사는 대학 등록금 전액을 지원해 주고 매년 한국 방문용으로 비행기표 두 장도 지급해 주겠다고 했다. 만약 두 분이 서울로 간다면 그들은 현명한 부모가 될 뿐 아니라 돈도 잘 벌고 누구보다 위풍당당한 삶을 누리게 될 터였다. 아빠는 대기업 임원이 될 것이며 엄마는 17년 전에 떠나온 형제자매와 재회할 것이다. 고급 차 두 대, 고층아파트, 넉넉히 지급되는 회사 소유 백화점 상품권, 자신들과 비슷한 위치의 새 친구도 얻게 될 것이다. 아이들과 떨어져 살아야 하겠지만 그 기간은 딱 3년에 불과하다. 아이들에겐 곁에 있어주는 것보다 든든한 경제적 지원을 해주는 게 더 나을 것이다. 경험상 늘 그랬으니. 만약 회사가 4년 계약을 제안했더라도 부모님은 진지하게 고려했을 것이다. 시간은 어떻게든 금방 지나가니까. 아이들은 자기 부모님을 자랑스러워할 것이고, 자신들 눈가엔 웃느라 생긴 새 주름이 지게 될 것이다.

제안을 받은 뒤로 아빠는 달라졌다. 몸에 딱 붙는 폴로셔츠를 입고, 더 선명한 색을 입어보면 어떨 것 같냐고 엄마에게 물었다. 엄마는 자신의 형제자매를 생각했다. 아빠가 연어 살색 옷을 입은 모습도 보고 싶어 했다. 그걸 밝은색 바지와 맞춰 입은 아빠는 인상이 한결 부드러워 보였다. 엄마는 아빠의 관상을 믿었는데 이는 오래된 전통이었다. 큰 코는 행운을 뜻했으나 좁은 미간이 문제였다. 미래는 탄탄대로이겠지만 외로울 것이기에 엄마의 보호가 필요했다. 엄마가 큰 집을 원했다면 이곳에 남았을 것이다. 엄마는 한국 아파트는 좁아서 청소하기 편하다며 새삼 아려오는 어깨를 쓱쓱 문질렀다. 그리고 자신의 책과 겨울 코트, 사진첩을 챙겨 짐을 꾸렸다.

나는 오빠와 함께 북쪽으로 150킬로미터 떨어진 데이비스시의 커벨팜스란 동네로 이사했다. 우리 새집은 '올리엔더 플레이스Oleander Place'라는 막다른 골목의, 차고 위까지 지붕이 완만하게 경사져 내려오는 갈색 단층집으로, 창틀만 하얗게 칠해져 있었다. 무성한 잔디는 누렇게 말라가고 있었다. 두 칸짜리 콘크리트 계단은 지붕이 씌워진 현관으로 이어졌고, 현관문 옆엔 깡통 우편함이 걸려 있었다. 진입로에서 보면 뒷마당에 있는 12미터 높이를 자랑하는 오래된 참나무에서 사방으로 뻗어 나온 굵직하고 울퉁불퉁한 가지가 집에 그늘을 절반은 드리운 모습이 눈에 들어왔다. 보도가 배수로인지 물이 흥건했고, 집 왼편의 소화전은 시커멓게 녹슬어 있었다. 근처 대학 교정으로 이어진 도로에선 끊임없이 차들이 내는 소음이 들려왔다. 집을 떠받친 현관 입구의 계단은 비뚜름히 무너져 내린 채 긴 한숨을 내쉬고 있었다. 부모님은 오빠와 나를 남겨두고 서둘러 이 나라를 떠났다. 아빠는 입국하자마자 곧장 일터로 가기 위해 서류 가방을 들고 비행기에 올랐다.

첫날 늘 쓰던 이불 속에서 눈을 떴을 때, 열다섯 살의 나는 순간 그곳이 부모님과 살던 집이라 착각했다. 방엔 나무 책상이며, 뒷마당 쪽으로 난 창 밑으로 붙여놓은 내 침대가 똑같이 있었다. 회벽 천장과 거울 달린 옷장도 있었다. 나는 엄마를 찾아

방방을 돌아다녔다. 아무 데도 엄마가 없다는 걸 확인했을 땐 꼭 죽을 것 같은 기분이 들었다. 부엌에 들어가니 냉장고에 엄마의 전화번호가 적힌 종이가 붙어 있었다. 엄마가 군중 속에 자기 자리를 잡고 서 있을 때처럼 일정한 간격으로 늘어선 숫자가 엄마의 필체로 적혀 있었다.

그리고 오빠가 있었다. 전에 오빠를 만나는 건 늘 부모님과 함께 있을 때였다. 오빠가 다니는 일터와 학교가 있는 이 도시에서 그를 본 건 처음이었다. 오빠가 다른 방으로 들어가면 나도 따라 들어갔지만, 멀찌감치 반대쪽 끝에 머물며 오빠를 내 시야에만 가둬놓았다. 오빠가 자기 방에 들어가 버리면 혹시 내가 보기 싫어 그런 건가 하는 생각이 들었다.

초등학생 시절 열 살짜리 오빠가 버스 정류장으로 나를 데리러 왔다. 오빠는 버스 안까지 들어와 내 가방 손잡이를 붙들고 잠든 나를 끌고 나왔다. 가무잡잡한 피부에 키가 나보다 30센티미터가량 크고 겁이 없는 오빠는 나를 데리고 일곱 블록을 걸어 집으로 왔다. 내가 최초로 거짓말을 한 날 엄마가 나를 매섭게 다그치며 내 등에 프라이팬을 겨눴을 때, 오빠가 달려들어 손잡이를 부러뜨렸다. 엄마는 뒤로 물러섰다. 분명 그때 오빠에게서 아빠를 보았을 것이다.

오빠가 식탁에 고지서 뭉치를 탁 내려놓더니 거실에 걸린 시계를 바라보며 엄마가 깨어날 시각까지 기다렸다. 얼마 뒤 전화기를 들고 마당으로 나가 미닫이문을 닫았다. 얼핏, 파이프가 터졌단 이야기가 들렸다. 엄마는 은행에서 연락이 오는 즉시 돈을 보내겠다고 했다. 사람보다 돈이 더 움직이기 어려운 시절이었다. 우리는 물이 나오길 기다렸다. 오빠는 차고 문을 열더니 자기 차를 몰고 나가버렸다.

형제가 부모를 대신할 순 없다고 했던가. 오빠가 나가버린 뒤 엄마가 내게 전화를 걸어 말했다. "엄마가 거기 없으니 오빠가 아마 너한테 화풀이를 할 거야. 엄마가 다 알지. 그래도 오빠는 네가 아니라 나한테 화난 거란 걸 잊지 마." 다음 날 아침 나는 복도에서 오빠가 자기 방에 있는지 살폈고, 방문 너머에서 들리는 오빠의 목소리로 오늘은 어떤 하루가 될지를 알아챘다. 또 어떤 날 아침엔 오빠가 침대 위에서 다시 어린아이가 된 것처럼 웅크리고 있는 모습을 보았다. 자기 아들의 그런 모습을 본 엄마라면 누구라도 가슴이 무너져 내렸을 것이다.

밖에선 참나무가 기다란 털을 부지런히 떨구었고, 나무로 된 집 외벽은 흰개미 떼의 서식처가 됐다. 나는 내 방문에 잠금장치를 설치하곤 방문 밖으로 거의 나가지 않았다. 핀과 스프링이 딸깍하며 작동하는 녹슨 손잡이를 돌렸다. 문틀에 열쇠나 안쪽 손잡이로만 열리는 걸쇠가 없는 단순한 원통형 자물쇠라 주먹으로 몇 번 쿵쿵 치기만 해도 문이 쉽게 열렸을 테지만, 그 조용한 집에서 나는 자물쇠에 집착했다. 프라이버시는 슬픔의 그림자인 것이다. 나는 두세 번 잠금장치를 풀어보며 문이 확실히 잠겼는지부터 확인했다. 새 학교에는 이따금씩 오빠 모르게 결석을 했다. 아마 일주일 넘게 빠졌을 것이다. 오빠가 학교 앞에 내려주고 가면 나는 근처 공원으로 걸어가 벤치에서 텅 빈 정자만 여섯 시간씩 바라보다가 학교 앞으로 돌아갔다. 그리고 날 데리러 온 오빠 차를 타고 말없이 귀가했다. 집에선 열두 시간이 넘도록 잠만 내리 잤고, 아침이면 해가 물속에서 깨진 달걀의 노른자처럼 무기력하게 떠오르는 모습을 지켜봤다.

≋

데이비스에서 한 해를 보내고 난 어느 봄날, 나는 새장 바닥을 청소하고 있었다. 새장은 미에코를 거실에서 분리해 주는 소파 뒤 탁자 위에 놓여 있었다. 이사할 때 반드시 녀석을 데려가야 한다고 고집을 피워 기어이 미에코가 든 새장을 끌어안고 자동차 뒷자리에 앉아 온 터였다. 매주 하던 것처럼 나는 새장 바닥을 닦은 뒤 신선한 기장 이삭을 철창에 매달았고, 미에코는 자작나무 횃대에 앉아 그 모습을 내려다보고 있었다. 오빠도 시베리아허스키 한 마리를 사 와 에이선이란 이름을 지어줬다. 에이선은 내가 새장 청소하는 모습을 거실에서 물끄러미 지켜봤다. 아직 새장 바닥을 청소할 때가 아니었지만, 오빠가 집을 나서기 전에 냄새가 난다고 불평한 까닭이었다. 그러다 갑자기 바깥에서 난 사이렌 소리에 놀란 미에코가 푸드덕 날아 새장 밖으로 나왔고, 잘린 날개깃 탓에 곧장 거실 바닥 쪽으로 하강했다. 순간, 에이선이 입으로 잽싸게 녀석을 낚아채 내 손이 닿지 않는 탁자 밑으로 숨었다. 나는 다리를 버둥거리며 탁자 밑으로 기어들어 갔다. 질근질근 씹는 소리, 우두둑우두둑 부스러뜨리는 소리가 들렸다. 미에코의 가느다란 비명. 으드득으드득 미에코의 뼈를 갈아 으깨는 소리. 결국 나는 탁자를 뒤엎고 에이선의 목을 움켜쥐고 나서 턱주가리를 벌려 손가락을 집어넣었다.

빼가 없는 새를 보는 건 난생처음이었다. 미에코는 편지봉투처럼 납작한 모습으로 내 손바닥 위에 누워 있었다. 열두 살 때 엄마한테 잉꼬를 사달라고 한 뒤로 나는 1년 동안 비닐봉지에 실을 묶어 들고 다녔다. 그러면 봉지가 공중에 떠서 새처럼 내 뒤를 날아다녔다. 그처럼 간단한 수고로 얼마나 큰 보상을 얻었던가. 그때만 해도 진짜 새는 따뜻하고, 깜찍한 속눈썹과 청회색 눈꺼풀이 있다는 건 꿈에도 몰랐다. 손바닥에서 축축한 폭력이 느껴졌다. 개 이빨에 무참히 관통당한 작은 몸. 내 손바닥을 뒤덮은 깃털. 오빠가 돌아와 그 꼴을 보곤 얼마나 겁에 질렸던지, 난생처음 듣는 목소리로 내게 소리 질렀다. 냉랭한 눈빛은 내내 풀릴 줄을 몰랐다. 오빠의 차가 집을 빠져나가는 소리를 듣고 나는 에이선의 코를 사정없이 한 대 쳤다. 그래도 에이선은 비틀비틀 밖으로 걸어 나가는 나를 낑낑대며 따라왔고, 나는 동행을 거절할 처지가 아니었다.

뒷마당 울타리 밑에 미에코를 묻고, 그 뒤로 시시때때로 거기에 가 앉아 있었다. 미에코는 얇은 천에 싸서 녀석이 좋아하던 기장 낟알과 함께 깡통 상자에 넣고, 나무 울타리의 맨 오른쪽 널 밑에 50센티미터가량 깊이의 구덩이를 파서 묻었다. 아이들은 어떤 감정도 결국 사라진다는 걸 모른 채 현재의 고통이 영원히 지속되리라고 느낀다. 작은 것 하나만 빼앗겨도 끝없는 상실감에 사로잡힌다. 나는 문간 콘솔테이블에 놓여 있는 오빠의 러키스트라이크 담배와 라이터를 훔쳐 들고 뒷마당으로 피신했다. 거실 소파와 카펫에선 한 달 내내 미에코의 깃털이 나올 터였다. 아무리 청소해도 소용이 없을 것이다. 나는 흙바닥에 주저앉아 실컷 울면서 담배를 피웠다. 그때 나를 본 사람이라면 대체 언제부터 모든 게 이토록 엉망진창이 된 건가 싶었을 테다. 그 뒤로 내가 먹은 음식을 억지로 토해내거나 굶기 시작하리란 것도 절대 알지 못했으리라. 이 도시는 파랑어치로 유명해서 어디에서나 그 새를 볼 수 있었다. 하지만 그런 건 중요하지 않았다. 그때 참나무를 올려다보려니 헤아릴 수 없을 만치 많은 새 떼가 날개를 쫙 펴고 날아들어 왔다.

≋

살면서 시체를 볼 뻔한 적이 있다. 열 살 혹은 열한 살 무렵 우리 차 뒷자리에 오빠와 함께 앉아 있을 때였다. 우리 가족은 각 가정이 다달이 돌아가며 주최하는 가톨릭 모임에 참석하느라 샌타클래라의 엘카미노레알에 다녀오는 길이었다. 그곳에서 아기들은 자기 부모와 입맞춤하며 소주 맛을 봤다. 우리는 여덟 가족이 앉을 접이식 옻칠 상을 함께 펼쳤고, 자리마다 왼편엔 밥그릇, 오른편엔 국그릇을 갖다 놓았다. 만약 제사를 지낼 때처럼 반대로 놓았다면 귀신이 와서 우리 저녁을 몽땅 먹어치웠을 것이다. 우리는 죽은 자들을 귀찮게 하거나 물리치지 않으려 조심했다.

밤 11시가 지났을 때 우리 차는 마을을 빠져나와 고속도로 진입로로 들어섰고, 부모님은 서로에게 증오를 쏟아내기 시작했다. 처음엔 엄마가 무릎 위로 손을 모으더니 언성을 높이며 안전띠를 풀고 몸을 일으켰다.

아빠는 가속페달에 올려놓은 발에 힘을 줬다. 그러더니 주먹으로 계기반을 내리쳤다. 차가 휘청 고속도로 갓길 너머로 갔다가 다시 휙 도로로 돌아왔다. 백미러에 매달아 둔 묵주가 좌우로 흔들렸다. 오빠는 양손을 둥글려 내 귀를 막았다.

엄마가 말했다. "그냥 죽어버릴 거야."

"아니, 내가 죽을 거야." 아빠가 말했다.

"당신이 왜 죽어?"

"일은 나 혼자 다 했으니까!"

조수석에서 엄마는 이 말을 곱씹었을 것이다. 그 순간 엄마 안에서 무언가가 닫히고 얼굴에서 힘이 빠져나갔다.

엄마가 차 문을 활짝 열었고, 바깥에서 빛이 쏟아져 들어왔다. "당신 혼자 다 했다고?" 엄마는 조용히 물었다. "그런 난 뭐야?" 자기 남편보다 차라리 죽음이 더 다가가기 쉬워 보였을 것이다.

아빠가 말했다. "장난치지—"

갑자기 엄마가 뛰어내렸다.

문짝 틈새로 엄마가 미사를 보러 성당 문에 들어설 때처럼 하얀 피부가 천천히 사라지는 게 보였다. 엄마는 마치 고해라도 하듯 몸을 바깥으로 기울여 내 시야를 벗어났다.

내 옆으로 엄마의 몸이 데구루루 구르는 소리가 들렸다.

아빠가 브레이크를 확 밟았다. 완충기와 스프링이 눌리고 조인트, 부싱, 베어링에 차례로 압력이 가해지며 차가 앞으로 휘청했다.

아빠는 차를 세우고 밖으로 튀어 나갔다.

그달이 끝날 무렵 엄마는 자기가 자살하려던 게 아니라고 쾌

활하게 말했다. 잠자리에 들기 전에 붕대를 갈고, 오른쪽 옆구리 화상 부위에 연고를 발랐다. 성당 사람들이 물으면 엄마는 콘크리트 계단에서 넘어졌다고 해명하며 몸을 구르는 시늉을 했다. 그러곤 나를 팔꿈치로 쿡 찔러 따라오라고 신호를 보냈다. 엄마는 오래지 않아 정상적으로 걸어 다녔다.

엄마는 만약 자신이 뛰어내리지 않았다면 아예 차가 전복됐을지도 모른다고 했다. 자동차에서 불에 탄 부모와 아이들 시체 조각이 발견됐다는 허무한 신문 기사가 나지 않은 게 얼마나 다행인지. 엄마는 환생의 문제점에 대해 내게 말했다. "이 영혼들이 다시 만나 전생에 못다 한 숙제를 하려 든다면 세상이 대체 어떻게 되겠니?"

나는 절대로 달리는 차에서 뛰어내릴 수 없었다.

엄마는 2005년부터 한국에서 편지를 보내오기 시작했다. 그곳에 간 지 열아홉 달이 지난 뒤였다. 일주일에 한 번씩 편지가 날아왔다. 첫 편지는 주소에 받는 사람이 앤절라라고 쓰인 항공사 엽서였다. 두 번째는 파란 잉크로 쓴 두 장짜리 편지였고, 거기엔 그 펜을 산 가게에 대한 설명이 담겨 있었다. 나는 'fair'의 한국어 단어를 몰랐다. 하지만 엄마는 우리가 한국어나 영어로만 아는 단어를 최대한 같이 적었다. 나는 편지를 소리 내어 읽었다. 그러지 않으면 종이를 가득 채운 단어의 모양과 뜻이 제대로 눈에 들어오지 않았다.

편지에서는 전화보다 엄마 목소리가 더 가깝게 들렸다. 나는 내 방 책상에 앉아, 문간에 서서, 침대에 누워 편지를 읽었다. 그리고 도로 접어 봉투에 집어넣고 침대 옆 협탁에 두었다. 엄마를 가까이에 두고 싶어서였다. 편지 한 통을 한 번이나 두 번씩 읽었다. 다시 읽을 땐 입술을 움직이며 읽었다. 읽을 때마다 새로운 무언가를, 내가 놓친 단어를 찾기를 바랐다. 편지를 치우면 다시 공황이 시작됐다. 그러면 읽던 편지를 꺼내, 조금 전 어디까지 읽었든 처음부터 다시 읽었다.

어느 이른 아침 전화벨이 울렸다. 엄마의 음성이 전력 질주하듯 내 귀에 들어왔다. "보고 싶어서 전화했어. 너도 엄마가 보고 싶어서 전화받은 거야?"

부모님은 회사와 또다시 계약을 맺었다.

"아, 답답해. 계속 그렇게 날 원망만 할 거니?"

두 분은 2년 더 서울에 머물기로 했다. 첫 계약 기간 3년을 합치면 총 5년을 떠나 있는 셈이었다. 우리에게 알린 대로 아빠는 취업비자를 갱신했지만, 나는 아무 말도 하지 않고 수화기를 냉장고 옆 제자리에 내려놓았다. 엄마가 처음에 괜찮겠냐고 물었을 때, 열네 살의 나는 오빠의 말을 앵무새처럼 따라 했었다. "난 더 이상 아기가 아냐." 그렇게 말했던 내가 지금은 엄마가 그때 내게 한 모든 말을 떠올리며 바닥에 웅크리고 앉아 있었다.

이 나라를 떠나던 날 샌프란시스코의 공항에서 엄마가 같이 가지 않겠냐고 다시 한번 내게 물었다. 엄마는 내가 다른 나라에 적응하는 일이 절대 쉽지 않으리란 걸 알았지만, 자기 없이 어떻게 살아갈지 상상이 되지 않아 함께 가길 바랐다. 자신이 가야만 하는 건 분명하지만 무척 힘들어질 거라고 말했다. "내가 떠나고 나면 어떻게 살아야 하는지 알아?" 엄마가 내게 물었다. "품격 있는 사람으로 자라도록 노력해야 해. 네 오빠가 못되게 굴면 그건 스스로 확신이 없어서야. 하지만 걔가 널 사랑한단 걸 잊지 마. 나중에 우리가 떨어져 지낸 시간을 돌아보며 함께 웃을 날이 올 테고, 슬프긴 하겠지만 우리한텐 많은 얘깃거리가 생기게 될 거야. 고난이 없으면 할 얘기도 없잖아, 그치?"

엄마는 그 자리에 서서 나더러 게으르다고 농담하면서 긴 손가락을 가리키며 그 증거라 했다. 남의 말에 잘 속는다고도 했다. 귓불이 얇아 아무 말이나 쏙쏙 귀에 들어가서 말이다. "나이 들면 주름 때문에 더 늙어 보이는 게 아니야. 주름이 널 더 너 자신으로 보이게 하는 거지." 엄마는 내게 경고했다. "모든 것은 결국 드러나게 되어 있어." 담녹색 청자를 전시해 놓은 공항 터미널의 유리 진열장에 반짝 조명이 켜졌다. 나를 데려가 달라고 말하지 않은 나는 엄마 앞에선 울지 않았다.

엄마의 비행기가 활주로를 벗어나기 전 엄마는 입꼬리를 팽팽하게 당겨 미소를 지었다. "네가 나한테 너무 착하게 굴면 난 은지 딸로 다시 태어나지 못할 거야." 엄마가 말했다. "다음 생에 네가 내 엄마가 되어서 날 행복하게 해줘야지."

문득 충동에 사로잡혀 대담해진 나는 얼어 죽을 작정으로 데이비스의 집에서 몰래 빠져나와 1킬로미터 가까이 떨어진 놀이

터로 걸어갔다. 저 멀리 어둠 속에서 미에코가 새장 횃대를 움켜쥐는 소리, 에이선이 길 너머로 짖는 소리가 들렸다. 꿈속에선 공원과 꽁꽁 언 주검이 평온한 장면을 그려냈지만, 서너 시간이 흘러 한밤중에 퍼뜩 정신이 든 나는 풀밭 위를 허우적댔다. 계속 살아갈 이유가 없어 보였다. 나는 당혹스러운 마음으로 아린 몸을 이끌고 축축한 길을 비틀비틀 걸어 집으로 돌아갔다. 누가 있으리란 기대는 꿈에도 하지 않았는데, 출입문 밖으로 새어 나온 환한 불빛 속에 오빠가 담요를 둘둘 말고 서 있었다. 나는 뜨거운 코코아 한 잔을 내미는 오빠의 손을 향해 달려갔다. 오빠는 대체 어디 갔었는지, 왜 그렇게 긴 시간 동안 사라졌었는지 묻는 대신 슈퍼마켓에서 사다 놓은 믹스로 만든 뜨거운 코코아를 건넸다. 내가 그걸 마시면 기운이 난다는 걸 기억했고, 단지 그렇게 되길 바라서였다. 매번 그 세련된 방법을 알진 못했지만 오빠는 어쨌든 제 나름으로 최선을 다해 우리가 어딘가에 갇힌 게 아니라 해방된 것임을 내게 상기시켰고, 자신이 이 세상에서 내가 가진 전부란 사실을 그 어린 나이에 이해하고 있었다. 오빠가 자기 방으로 돌아가 문을 닫았을 때 그제야 나는 참았던 눈물을 쏟았다.

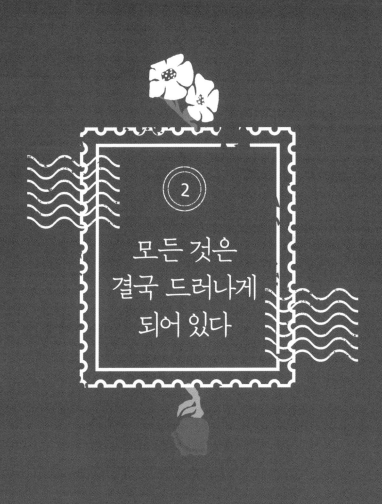

2

모든 것은 결국 드러나게 되어 있다

Date. Page. 0ーし

사랑하는 은지야.

오늘은 대전에서 이모가 올거야.
Coat 사는데 엄마랑 같이 가고 싶대.
11월 말에 생일이 있는데 아들들이 돈 줬대.
그래서 지금 고속버스 타고 오고 있을거야.
엄마는 따라 다니면서 골라주고 맛있는거 사달래야지.
좋겠지?
그래. 엄마 너무 좋아.
이제 1년 5개월 남았는데 언니하고 잘 지내야지.
참,
너 이모 이름 알아?
이모 이름은 이정림이야.
이모 나이는 58 years old 고.
엄마보다 10살 많다.
큰 삼촌은 이민승
작은 삼촌은 이교승 이고
나이는 50 years old, 44 years old 야.
몰랐었지?
중요한건 아니지만 이름정도는 알아야지. 그치?
엄마는 참 감사하다.
비록(even if) 너희들하고 헤어져 살고 있지만
대신 내 형제(brothers, sisters)들과
몇년이라도 같이 지낼 수 있게되서 너무 감사해.
그래도 한달에 한번도 못 만날때도 많아.
이모는 딸이 없어서 불쌍하고,
엄마가 우리은지 있는게 너무 부러운(envy)가봐.
(약올려 줄까?)

요즈음엔 무얼하고 지내?
날씨도 춥고 비도 오지?
건강에 신경쓰고 이럴때 좋은 책도 많이 읽어.
내가 모르는거, 경험해보지 못하는거, 모두
책속에 있어. experience
엄마는 얼마전에 (few months ago) '아름답게
늙는 법' 이란 일본사람이 쓴 책을 읽었어.
책에 있는대로 다 잘 할 수는 없지만
좋은사람으로 살다가 아름다운 모습으로 늙고싶어.
윤지가 도와 줄거지?
어떻게 해야 하느냐구?
음 ~~ 쉽기도 하고 어렵기도 해.
엄마 속상하지 않게 해주고,
화내고 소리지르지 않게 달래주고,
엄마가 나쁜생각, 옳지 않은일 하면 말려주고,
그러면 안된다고 말해주고,
어때? 해줄거지? 고마워.
엄마도 윤지가 건강하고 씩씩하게 고운 사람으로
살아 갈 수 있도록 cooperation 할께.
엄마는 이 다음에도 윤지 엄마로 태어나서 살면서
좀더 좋은 엄마가 되고 싶어.
아님, 윤지 딸로 태어날까?
이쁘고 착한사람으로 낳아주면 그렇게 할까?
생각만 해도 재미있고 좋다.
하긴, 자식이 속도 좀 썩이고 힘들게 해야
엄마들이 자라는거야. 배우기도 하고, 맞지?
이제 10 days 남았다.
보고싶어. 그리고 많이 사랑해

Mom
12/09/05

고등학교를 졸업한 여름, 내가 탄 비행기는 늦은 오후 인천에 착륙했고, 나는 엄마를 만나고자 서울 근교 분당으로 찾아갔다. 회사와 계약한 내용에 포함된 항공편을 타고 나는 겨울과 여름 두 차례 엄마를 보러 갔다. 우리가 떨어져 산 지 2년쯤 됐을 때 엄마는 아빠가 그 회사에서 일한 덕분에 우리 재산이 늘었다고 내게 말했다. 부모님은 탄천 건너편으로 이사했다. 지상엔 치렁치렁한 전선도 없고 실크 넥타이 가게와 정원 딸린 카페, 백화점이 단정하게 들어서 경관이 깔끔한 동네였다. 어릴 적 이 나라에서 여행 다녔던 곳들과는 사뭇 달랐는데, 그땐 하늘로 뻗은 흙길에 어깨를 맞댄 집들이 빽빽이 들어서 있었고, 사람들이 반찬을 들고 이웃을 찾으면 주인은 창호지 바른 미닫이문 뒤에서 활짝 웃었더랬다.

2미터 높이의 돌벽과 두 개의 철제 보안 차량 출입문으로 둘러싸인 은백색 고층아파트 앞에서 내렸다. 저쪽 출입문 너머에서 경비원 하나가 나를 보더니, 차고 건너편에 있는 경비원에게 나를 들여보내라는 수신호를 보냈다. 내 앞 출입문이 열리고, 저 멀리 건물 입구에 한 여자의 실루엣이 나타났다. 여자는 자신을 맞이하는 두 경비원에게 고개 숙여 인사했다. 여자가 들고 있던 귤과 마른오징어를 간식으로 먹으라며 건네자 그들은 겸연쩍어하며 받았다. 여자는 자신이 그들의 엄마라도 되는 양 그들을 세심히 챙겼다.

엄마는 나를 포옹하고 나서 경비원분들에게 인사하라고 속삭였다. "무척 성실하고 깍듯한 분들이셔." 엄마가 키가 훌쩍 자랐다며 내 어깨를 토닥였다. "우리 손님들한테 제일 처음과 제일 마지막에 인사하는 할아버지들이지." 엄마는 크레이프 소재의 흰색 블라우스에 달랑거리는 진주 귀걸이를 찬 모습으로 내 앞에서 빙그르르 돌았다. 고급 화장품을 발라 화사한 얼굴로 엄마가 말했다. "어렸을 때 우리 엄마가 꾸며준 뒤론 처음으로 이렇게 차려입어 봤어." 엄마는 내게 보이려고 그렇게 꾸민 거였다. 예쁘게 보이고 싶었던 걸까?

"무슨 일 있는 거 아니지?" 엄마가 묻더니, 장시간 비행기를 타고 나면 누구든지 딴사람이 된 듯한 기분이 들 수 있음을 상기시켰다.

엄마가 나를 로비로 안내하며, 정수리가 보이도록 나란히 고개 숙여 인사하는 경비원들을 향해 손을 흔들었다. 엄마는 안내 데스크 뒤의 구멍 뚫린 은색 철판을 확인했다.

"우편함이 없어?" 내가 물었다.

"이게 내 우편함이야." 엄마는 웃으며 나를 데리고 엘리베이터에 올랐다. 엘리베이터는 사방이 거울로 되어 있었다. 엄마가 18층에서 내렸다. 그리고 철문을 열려고 여섯 자리 비밀번호를 눌렀다. "비밀번호는 네 생일이야."

엄마의 세상으로 들어가니 천장과 방이 온통 새하얬다. 거실 동쪽 벽은 커다란 통창으로 되어 있어 도시가 한눈에 내려다보였다. 부엌 찬장은 문짝이 무슨 종이접기처럼 탄력 있게 접혔다가 열렸다. 문짝이 안 접히는 폭 1.5미터짜리 찬장은 선물받은 포도주와 배를 보여주곤 저절로 닫혔다. 또 다른 찬장엔 회전식 전자레인지가 들어 있었다. "이것들 전부 다 얼마나 너한테 보여주고 싶었다고." 엄마는 자동차 열쇠 두 개와, 백화점 매장에서 쓰라고 회사에서 선물한 신용카드를 마치 어제 받은 양 반짝반짝 흔들었다. 우리가 선 곳에서 초록 옥상의 백화점이 보였다.

"오빠가 전화했더라." 엄마는 뿌루퉁한 표정으로 고개를 떨구었다. "엄마가 걜 너무 어린애 취급했나 봐. 이제 잔소리 그만하고 저 알아서 하게 놔둬야겠어. 나도 생각을 바꿔야지." 오빠도 한두 번 엄마를 보러 왔었지만 이제 더는 오지 않았다.

"너무 바빠서 못 온 거야." 내가 답했다.

"아참, 엄마가 너희들 주려고 이것저것 좀 장만했어. 요 작은 숟가락들 좀 봐. 이 토끼도 샀는데 이름이 은지야." 엄마는 봉제 인형 귀를 붙들고 내게 보여줬다. "요 녀석이 엄마 말을 잘 안 들을 때가 있지. 녀석은 네 방에 둔단다."

"내 방?"

"저 복도 건너편이 네 방이야."

방 안을 들여다보니 침대 옆 협탁 위에 발목이 뒤집힌 양말이 놓여 있었다. 마치 전날 밤에 내가 바닥에 던져놓은 걸 엄마가 청소하며 집어 올려놓은 것처럼.

엄마가 얼굴을 찌푸렸다. "네가 그리울 땐 너희 아빠가 집에 올 때까지 이 침대에 누워 있어."

"언제 오시는데?"

"한 11시쯤. 불쌍한 네 아빠는 이 나라에서 일하길 싫어해."

엄마는 꽃무늬 침대보와 백화점에서 산 이불이 깔린 침대 옆에 서서 자기가 돌아왔으면 좋겠냐고 내게 물었다. 이미 아빠가 회사의 제안을 받아들여 계약을 2년 연장한 사실을 알았기에 나는 엄마가 왜 그렇게 묻는지 알 수 없었다. 그 물음을 채 이해하기도 전에 엄마는 자신이 돌아올 때쯤엔 내가 얼마나 엄마를 그리워했는지조차 까맣게 잊을 거라며 나를 안심시켰다. "친절하고 인내심 많은 사람이 더 친절해지고 인내하란 말을 듣지. 그래서 우리 은지가 너무 힘들게 살까 봐 걱정스러워."

엄마가 내 옷을 두고 수선을 떨어댔다. 킁킁 냄새를 맡더니 옷이 삭았다며 당장 벗어 던지라고 했다. 이어서 푸석푸석한 내 피부를 타박했다. 물론 나는 자주 아팠다. 엄마는 내 머리를 자기 어깨 위로 끌어안으며, 목욕탕에서 때를 밀고 나면 각질이 말끔히 벗겨져 깐 달걀처럼 부드럽고 깨끗한 속살이 드러날 거라고 재빠르게 말했다. "나랑 몇 주만 지내면 외모도 기분도 지금과는 완전히 달라질 거야."

엄마가 자주 다니는 백화점은 분당에 있는 32층짜리 고급 백화점이었다. 매장마다 회사에서 준 신용카드를 기꺼이 받았다. 세 개의 금색 회전문 너머에 놀이터, 카페, 영화관, 명품관, 예식장이 있었고, 그 위론 층별로 화장품, 의류, 가정용품, 전자제품, 서적 등을 판매하는 매장이 있었다. 지하엔 할인 매장과 반품 코너가 있어 고객과 점원 사이에 원화 지폐가 오갔다. 근처 예식장에선 결혼식 소리가, 영화관에선 총소리가 흘러나왔다.

엄마는 의류 매장에서 일하는 점원을 언니라고 부르라 했다. 가는 곳마다 점원들이 높고 낭랑한 목소리로 엄마를 반겼다. 하나같이 빳빳한 옷깃이 달린 군청색 재킷과 치마 정장 차림에 하이힐을 신었다. 머리칼은 왁스를 발라 둥글게 말아 올렸고, 입술은 밝은 빨간색으로 칠했다. 값비싼 물건을 다룰 땐 깨끗한 흰색 장갑을 꼈다. 마치 비둘기가 날갯짓하는 듯한 손짓으로 엄마를 안내해 '핫 아이템' 핸드백의 할인가를 제안하고, 공짜 마스크팩을 줬다. 그들은 엄마에게 이런 말들을 했다.

"다시 뵙게 되어 반갑습니다, 고객님."

"궁금한 게 있으시면 뭐든지 물어보세요."

"안으로 들어오셔서 천천히 둘러보세요."

"어서 오세요, 고객님."

"여기, 찾으시는 물건이 다 있습니다."

나는 가만히 서 있기가 힘들어 이쪽저쪽 번갈아 가며 짝다리를 짚고 꾸부정하게 서 있었다. 젊은 여자 점원들이 내게 인사할 때 그들의 입술은 내 레슬링화와 후드티에 대한 반응을 차마 숨기지 못했다. 그들은 나를 외국에서 공부하고 찢어진 청바지를 입고 다니며 영어로 말하는 부유한 집 딸로 여겼다.

매장을 자세히 둘러봤다. 진열대에 놓인 반드르르한 검정 원피스와 얌전한 여름 카디건이 눈에 들어왔다. 불현듯 이곳과 이곳의 세련됨을 향한 사랑이 솟구쳤다. 예쁜 옷 하나에 눈길이 가더니 차례로 또 다른 옷들에 눈길이 갔다. 나무 옷걸이에 걸린 끝단이 물결무늬인 흰색 윗도리, 마네킹에 입혀놓은 프릴로 장식한 시폰 블라우스, 은색 지퍼가 달린 크림색 가죽 재킷. 그 새 엄마는 매장 안을 시장 골목처럼 휘젓고 다녔다.

손끝으로 상어 이빨 무늬 코트를 살짝 건드렸다. 전체적으로 청록과 검정이 번갈아 파동을 그리고 실크로 안감을 덧대었고 빳빳한 깃은 가지런히 달려 있었다. 소매가 아래로 갈수록 넓어졌는데 그 부분이 이 코트만의 재미를 더해줬다.

점원이 딱 걸려들었구나, 하는 표정으로 미소 지으며 내게 다가왔다. 걸려든 건 엄마가 아니라 그 딸이었다. 그 코트는 나보다 키가 5센티미터쯤 작고 단아한 얼굴의 점원에게 더 잘 어울렸을 것이다. 점원은 장갑 낀 손을 허리에 올리며 말했다. "특별한 색이죠. 시선이 확 가지 않아요?"

"고마워요, 언니. 세일하는 물건인가 봐요." 나는 그를 도와 말했다.

"올겨울에 나온 건데 시즌이 지나서요." 점원은 코트를 들어 올려 내 눈앞으로 내밀었다. "그냥 지나치기엔 너무 아깝죠. 물건도 가격도 다."

"아주 강렬한 코트네요, 언니." 나도 그의 장단에 맞춰 답했다.

"안 보고 지나치기가 어렵죠, 안 그래요?" 점원은 코트 뒷면을 보여줬다. "아무도 안 사 가면 제가 사려고 했어요. 볼 때마다 애인을 보듯 설렜는데 이렇게 손님이 나타나셨네요."

"정말요?" 내가 물었다.

"부러워요." 점원이 코트 솔기를 따라 쓰다듬었다. "코트도 눈에 띄고 고객님도 그래요. 아주 찰떡이에요."

나는 고개 숙여 인사하며 매장을 떠날 준비를 했다. 하지만 저쪽으로 먼저 걸어가던 엄마가 뒤돌아 나를 보더니 걸음을 되돌려 매장으로 들어왔다. 점원은 계속 엄마에게서 등을 돌린 채 모르는 척했지만 엄마가 들을 수 있도록 또록또록하게 내게 말했다. "동안인 데다 한국말도 참 잘하시네요. 이름이 뭐예요?"

엄마가 웃었다. "내 딸이에요."

점원은 양손을 자기 허리춤 한참 위에 척 올렸다. "어쩜, 엄마랑 똑 닮으셨어요."

"그래요? 진짜 닮았어요?" 엄마가 물었다. "당연하겠지만 그렇게 말해주니 기분 좋네요."

"여기 여자애들처럼 안 생겼어요. 여기서 태어났어요?"

"제 딸은 미국에서 태어났어요. 그래서 애가 순진해요."

"아, 딱 봐도 알겠어요. 나쁜 생각이라곤 못 할 것 같아요."

엄마가 손뼉을 짝 쳤다. “여기서 얘를 잃어버리면 아마 영영 못 찾을 거예요!”

점원이 말했다. “왜, 그런 말 있잖아요. 모든 것은 결국—”

“모든 것은 결국 드러나게 되어 있죠!”

엄마는 코트를 자세히 살폈다. 그러더니 건조기에서 막 꺼낸 빨래처럼 툴툴 털었다. “딱 우리 딸이나 고를 법한 옷이네요.” 엄마는 엄마들 특유의 말주변으로 흥정을 시작했고, 나는 바로 그걸 알아차렸다.

“따님 안목이 보통이 아니에요.” 점원이 대꾸했다.

“꼭 도매상에서 파는 싸구려처럼 보이는데, 원래 가격이 얼마예요?”

점원은 두 손으로 가격표를 보여줬다.

엄마는 좀 놀란 듯했다. “이 추레하고 빛바랜 옷이요?”

“정말 특별한 옷이에요. 손바느질로 만든.”

엄마는 올이 살짝 풀어진 부분을 찾아내 할인을 더 받으려 했다.

“그냥 가자.” 나는 다른 쇼핑객들의 흘낏거리는 시선을 눈치 채지 못하는 엄마에게 말했다. “그냥 됐어요, 언니. 고마워요.”

엄마가 내 팔뚝을 꼬집으며 말했다. "잠깐만 좀 있어봐."

다음 말이 중요했다. 점원이 엄마에게 말했다. "따님은 참 운이 좋으세요. 고객님 같은 어머니를 둬서."

엄마는 왜 아니겠냐는 듯 고개를 끄덕였다. "조금만 더 깎아줘요."

"아, 전 직원이에요. 죄송하지만 저한텐 그런 권한이 없어요."

"깎아주기만 하면 현금으로 드릴게요."

"아, 제발 이러지 마세요. 여기는 그런 데가 아니에요."

"얼마라고 했죠?" 엄마는 깨끗한 새 지폐를 꺼내 세기 시작했다. "다음 주에 제 친구 데리고 다시 여기 와서 둘이 하나씩 살게요."

점원이 한숨을 내쉬었다. "정말이시죠?"

"그럼요."

"그럼 알겠어요, 그렇게 해드릴게요. 고객님은 저희 특별 고객이시니까요."

"잊지 않을게요." 엄마가 말했다.

점원은 코트를 봉투에 담았다. "웃는 얼굴엔 침을 못 뱉는 법이죠."

"그래요, 아가씨가 우릴 웃게 해줬어요." 엄마는 이제 기분이 풀린 듯 점원의 손을 잡았다. "똑똑하고 눈치가 빠른 분이네요. 아주 훌륭해요. 군말도 없고, 그렇다고 손해도 안 보고."

거래가 끝나고, 점원의 어깨가 가벼워졌다. 점원은 마치 친구인 양 내 손을 붙잡고 자기 쪽으로 끌어당겼다. 자매가 있다면 이런 기분이리라. "따님이 한국말 하죠?" 점원이 엄마에게 물었다. "두 언어를 다 하다니 정말 대단해요."

엄마가 코트가 담긴 봉투를 치켜들며 말했다. "이게 여태 재한테 사준 것 중 제일 비싼 거예요. 캘리포니아에서 잰 저처럼 안 살아요. 딴 나라로 돈을 옮기는 게 쉽지 않거든요. 사람이 움직이는 게 더 쉽지."

"그럼 따님이 이걸 입고 가야겠네요."

엄마가 고마운 듯 고개를 끄덕이자 점원이 내 후드티를 코트로 바꿔 입혔다. 소매를 한 짝씩 끼우도록 도와주고 나서, 머리카락을 뒤로 한번 묶어보라며 끈을 건넸다.

"어때요? 뭔가 새로운 느낌이 들지 않으세요?" 점원이 내게 물었다.

"어머, 어머, 이제 나랑 닮아가네. 안 그래요?" 엄마가 말했다.

"눈매가 똑 닮았어요." 점원이 답했다. "따님 눈이 정말 예뻐요. 크면 몸매가 미국인처럼 좋겠어요. 오늘 저희 매장에 들어오는 순간 뭔가 다르단 게 확 느껴지더라고요. 기가 보통이 아닌 느낌이요. 그런 건 누가 봐도 알죠. 다들 궁금해했어요. '뭔가 신비로운 느낌이야!', '아직 한참 어려 보이는데 어쩜 저리도 침착하고, 진지하고, 피부가 가무잡잡하지?' 하고 수군대면서요."

"다 제 탓이에요." 엄마는 후드티가 든 봉투를 받아 겨드랑이에 끼고 말했다. "전부 제가 한 짓이에요. 얘를 너무 힘들게 했어요. 뭘 줘야 할지를 몰라 고통만 줬죠. 우리 딸 정말 사랑스럽죠?"

"참 순수해 보여요." 점원이 엄마를 위로했다.

"아가씨도 고생이 참 많았을 것 같아요. 부모님은 어떤 분이에요?"

"저희 부모님은 선교사세요. 전 결혼하면 남편 집으로 들어가 시부모님을 모시고 살 거예요. 당장은 아니고 나이 들어 허리가 굵어지기 직전에요."

엄마가 직원의 머리를 쓰다듬었다. "복이 들어오는 이마네요. 남자가 많이 따르겠어요. 좀 기다려 보세요. 그리고 부모만큼 자길 사랑해 주는 사람은 없단 걸 알아야 해요. 남편도 아이들도 부모만큼 사랑해 주진 않아요. 부모님이 살아계실 때 원 없이 그 사랑을 받아먹어요. 그게 남은 평생을 지탱해 줄 거예요."

매장의 타원형 거울 속에서 코트가 나를 감쌌다.

"정말 좋은 가격에 사신 거예요." 점원이 내게 말했다. "이런 어머니를 둬서 참 좋으시겠어요."

엄마가 말했다. "세상 누구보다 예쁜 여자가 하나 있었어요. 우리 엄마였죠. 옛날엔 예쁜 걸 절대 숨길 수가 없었어요. 그 허름한 오두막이며 흙길에서 얼마나 눈에 띄었겠어요? 그런 촌구석에서 살기란 불가능했죠. 그래서 젊은 나이에 참 비참하게 돌아가셨어요." 엄마가 잡고 있던 내 손을 꽉 그러쥐었다. "내가 아주 어렸을 때. 엄마 없이 살도록 날 내버려두고."

우리는 이른 저녁을 먹으러 오리구이 집을 찾아갔다. 엄마는 차를 몰고 도시 외곽으로 빠져나갔다. 공사장을 지나고 언덕길을 올라 잔가지가 많은 나무들이 가냘픈 가지를 하늘로 뻗은 숲속을 달렸다. 그러다 길이 점점 좁아지며 마침내 나무 기둥 위에 2층으로 올린 식당으로 이어지는 숨겨진 진입로에 도착했다.

상 위에 얇게 썬 오리고기가 햇살을 받으며 줄지어 놓여 있었다. 엄마는 내가 입은 새 코트를 가리키며 내게 고기 굽는 걸 허락하지 않았다. 엄마는 쇠젓가락으로 고기 한 점을 집어 석쇠 위에서 양쪽을 번갈아 가며 잘 구워선 달콤한 겨자소스에 콕 찍어 내게 먹였다. 부드럽고 불맛이 가미된 풍부한 맛이 났다. 더는 여기가 외진 곳으로 느껴지지 않았다. 우리가 먹은 아이스커피는 한 잔에 만 원이 넘었다.

"천천히 먹어. 목 막힐라." 엄마가 말했다.

"더 시키자. 겨자소스도." 나는 조금 전보다 더 깨어난 기분이 들었다.

"집에서 굶고 살았어?"

나는 찬장에 있는 쿠키와 감자칩과 시리얼로 연명한다고 말하지 않았다. 배가 살살 아프기까지 했지만 더 먹고 싶었다. 열여섯 살 때 데이비스 집의 욕실에서 처음 목구멍에 손가락을 집어넣어 토했을 때 나는 안도감을 느꼈다. 그때부터 먹고 도로 토해내는 게 일상이 됐다. 손등엔 이 자국이 났고 턱은 부어올라 있었다.

내가 알기로 나는 먹은 음식을 토하는 세상 유일한 사람이었다. 신발 속 발가락에서 뼈가 느껴지고, 끝이 갈라져 나풀대는 손톱을 보고, 변기 옆에 주저앉아 목구멍에서 떨어져 나온 살점을 보고 두려움을 느끼는 사람도 오직 나뿐이었다. 엄마랑 있는 동안엔 그러지 말아야겠다고 스스로 다짐했다.

갑자기 종업원 하나가 우리 상으로 와 무릎을 꿇으며 와락 나를 끌어안았고, 그 바람에 내 젓가락이 바닥에 떨어졌다. 종업원은 입고 있던 앞치마에서 새 젓가락을 꺼내 상에 올려놓았다. "무슨 귀신이라도 보는 느낌이네. 너희 엄마가 여기 올 때마다 네 얘기를 얼마나 했는지 몰라. 그게 헛말이 아니란 걸 증명하려고 엄마가 널 여기 데려왔나 보다. 설마 돈 받고 고용된 사람은 아니지, 응?"

40대쯤으로 보이는 종업원은 입가가 주름져 있었다. 아들을 둔 여자는 이런 얼굴이라고 전에 엄마가 말해준 적이 있었다. 딸과는 싸울 수 있지만 아들 앞에선 혀를 꽉 깨물고 있어야 해서 그렇다고.

종업원이 내 옆에 바싹 다가오더니 엄마 친구나 아빠 친구의 아내에 대해 경고했다. "그 사람들은 너 같은 젊은 아가씨를 보면 이런 데 데려와 술 먹여서 취하게 해서는 자기 집에 데려가 외로운 자기 아들이랑 한방에 가둬놓을 테니까!"

엄마는 웃었다. 엄마도 한때 식당 종업원으로 일한 적이 있는 터라 종종 아빠 친구나 그 아내보단 종업원에게 더 친밀감을 느끼는 것 같았다. 엄마가 말했다. "요즘엔 젊은 처자가 남자보다 더 귀해."

종업원은 바닥을 탁 치며 말했다. "젊은 처자가 임신하면 너무들 좋아하면서 얼른 자기 아들이랑 결혼시키려 들지. 그러면 며느리도 생기고 손주도 생기니까. 자기들 멋대로 이래라저래라 할 며느리랑 남들한테 자랑할 손주 말이야."

"예전엔 꼭 그렇지만도 않았어요." 엄마가 말했다.

"할렐루야." 종업원이 말했다.

"얘 새 코트 어때요?" 엄마가 물었다.

"옛말이 틀린 게 없다니까." 종업원이 내게 말했다. "진짜 옷이 날개야."

종업원은 무릎을 세워 쪼그려 앉더니 뒷주머니에서 봉투를 하나 꺼내 슬쩍 바닥으로 밀었다. 엄마가 고개를 까딱하며 그걸 집어 핸드백 속 큰 봉투에 집어넣었다.

"남편 친구 부인이 오늘 저녁에 우리 딸을 만나보고 싶어 해요." 엄마가 말했다. 두 사람 모두 짐짓 봉투 따윈 오간 적 없는 양 행동했다. "우리한테 장어구이를 사주겠대요. 그 여자, 엘리베이터까지 딸린 집에 살아요!"

종업원이 짝 손뼉을 쳤다. "얼마나 외로웠으면 그런 청을 다 할까!"

"다 서로 측은지심으로 사는 거죠, 뭐." 엄마가 말했다.

"측은지심은 개뿔. 엘리베이터가 있다면서요!"

엄마는 단골 찜질방으로 차를 몰았다. 우리는 지하 주차장으로 들어가 냉기가 느껴질 정도로 땅속 깊이 내려갔다. 엘리베이터에서 내려 접수대에 요금을 내니, 거기서 일하는 여자가 우리가 입을 티셔츠와 반바지 두 벌과 수건을 건넸다. 우리는 샤워실에서 몸을 헹구고 온탕에 들어갔다. 어깨 위로 증기가 하얀 백조처럼 피어올랐다. 그러고선 목욕 침대에 누워 돌돌 말려 벗겨진 때가 우리 밑에 수두룩이 쌓여가는 모습을 지켜봤다.

나는 엄마에게 봉투에 관해 물었다. 엄마는 친구들끼리 매달 얼마간의 돈을 내고 한 계좌에 저축해서 목돈이 모이면 한 사람씩 돌아가며 곗돈을 타간다고 했다. 엄마가 그 돈을 관리하는 계주로 뽑힌 것이다. 아닌 게 아니라 엄마는 장을 볼 때도 기막히게 암산을 잘했다.

엄마는 눈을 감았다. "내가 곗돈 타면 뭘 할 건 줄 알아? 네 삼촌들한테 보낼 거야. 엄마는 너희 남매를 두고 여기 와서 친정 식구들이랑 지냈잖아. 근데 네 삼촌들은 왜 그렇게 힘들게 사는지 모르겠어. 어쩜 그렇게들 가난한지. 그렇다고 또 어떻게 네 아빠한테 우리 오빠랑 동생을 도와주라 하겠어? 자존심들이 얼마나 강한데." 엄마는 수건을 얼굴 위에 올려놓고 말했다. "그래서 그냥 네 숙모들한테 쌀을 몇 포대씩 보내. 애들한테 용돈도 주고. 네 할머니가 그렇게 일찍 돌아가시지만 않았어도 모든 게 달라졌을 텐데. 어쩜 그렇게들 운이 안 따라주는지."

세신사는 우리 몸을 옆으로 뒤집어 계속 때를 밀었다.

"우리 오빠랑 동생은 정말 잘생겼었어." 엄마가 뜬금없이 말했다. "학교 다닐 때 내 친구들이 얼마나 따라다녔다고. 귀티 나는 눈매며 딱 바라진 체격으로 동네에서 유명했지. 근데 나이 들면서 얼굴들이 변했어. 지금은 완전 세파에 찌든 얼굴들이야. 그래도 잠들었을 때 보면 온갖 근심이 싹 날아가고 다시 젊었을 때 얼굴이 나타나."

"엄마, 괜찮아?"

"내가 왜 우는지 모르겠네. 내가 왜—"

"엄마 기분 따윌 누가 신경 쓴다고."

"은지야." 엄마가 날카롭게 말했다. "한국인들은 자기 엄마한테 그런 식으로 말 안 해. 언젠가 너도 너한테 딱 지금 너처럼 구는 딸을 갖게 될 거다."

우리는 인삼향 보디 워시로 몸을 헹구고 욕탕을 나와 티셔츠와 반바지를 입고 온돌 찜질방으로 갔다. 먼저 황토방에 들어갔다가 얼마 안 있어 다시 나왔다. 이번엔 돔 모양으로 생긴 돌 사우나로 기어들어 가서 바닥에 앉았다. 엄마가 사과했다. "넌 이제 엄마 친구가 되기에 충분한 나이야."

"엄마 친구 많잖아."

"엄마 대학 친구 지원이라고 있거든. 개랑 난 뉴스 앵커가 되려고 했더랬어."

"뉴스 앵커? 그런 얘긴 여태 한 번도 한 적 없잖아."

"네가 내 지금 모습을 봐서 그렇지, 그땐 나도 꽤 괜찮았단다. 진짜야." 엄마는 흘러내린 땀을 닦으며 나보고도 닦으라는 시늉을 했다. "우리 엄마는 못하는 게 없었고."

"오디션엔 합격했어?"

"나는 했지. 근데 지원이는 못 했어."

"그래서 뉴스 앵커가 됐어?"

"아니. 지원이가 거짓말했어. 나도 떨어졌다고."

"뭐? 말도 안 돼!"

"우리 아버지가 날 절대 집 밖에 못 나가게 했거든. 그래서 지원이가 대신 결과를 확인해 줬지. 우리 둘 다 떨어졌다고 했어. 근데 방송국에서 내내 기다렸나 봐. 나중에 나한테 전화해선 더는 기다릴 수 없다 하더라고. 그리고 한 달쯤 뒤에 다른 사람을 채용했지."

"그 친구랑 아직도 친구로 지내?" 내가 물었다.

"응. 나란히 익어가는 감처럼."

"뭐……? 왜?"

"맛있는 거 마시러 가자." 엄마가 말했다.

엄마는 찜질방 팔찌로 식혜를 계산했다. 후끈한 찜질방에서 차가운 얼음이 든 음료를 마시니 속이 뻥 뚫리는 것 같았다. 나는 혀 밑에 얼음 하나를 밀어 넣은 채로 한참을 있었다. 엄마가 이번엔 나를 숯가마로 데려가더니, 구석에 놓인 뜨거운 돌에 물을 부었다. 우리는 뭉그적뭉그적 바닥에 앉은 뒤 몸을 돌려 마주 보았다.

"지원이 있잖아. 그 거짓말한 친구." 엄마가 잠깐의 침묵 끝에 다시 입을 열었다. "딸이 뉴스 앵커라고 전에 너한테 말했는데, 기억나? 지금도 텔레비전에 나와. 짧은 머리에 코가 작고 둥글게 생겼어. 직접 보면 더 예뻐. 예능방송에도 나오고 뉴스에도 나와. 지원이 집에 가면 우리 둘이 같이 보면서 녹화하고 그래. 언젠가 내가 다른 친구들 앞에서 우리 딸도 뉴스 앵커로 합격할 수 있겠냐고 물었어. 근데 지원이가 화면에 나오기엔 네 얼굴이 너무 크단 거야. 텔레비전에 예쁘게 나오려면 얼굴이 시디보다 작아야 한다면서. 이마에서부터 턱까지 다."

나는 난생처음으로 손바닥으로 내 얼굴 크기를 재봤다.

"시디로 얼굴을 가릴 수 있는 사람이 얼마나 되겠니?" 엄마가 말했다.

"아무래도 둘이 친구로 지내면 안 될 것 같아."

"그렇게 생각해?"

나는 고개를 끄덕였지만, 엄마는 내 말에 동의하지 않았다.

"하느님은 공평하셔." 엄마가 내 손을 잡더니 손깍지를 꼈다. "지원이한테 뇌졸중이 와서 얼굴 절반이 턱 밑까지 흘러내렸어. 그래서 웃으면 꼭 비웃는 것처럼 보여. 봐, 하느님이 다 알아서 복수해 주시니 우린 그럴 필요가 없지."

찜질방에서 충분히 시간을 보내고 나서 나는 코트를 입고 엄마를 따라 주차장으로 갔다. 엄마가 주차권을 기계에 집어넣었고, 우리는 조용히 집으로 돌아왔다. 차에서 내린 뒤엔 탄천 주변을 산책했다.

나는 강변 산책로에서 코트를 벗어야 할지 아니면 계속 입고 있어야 할지 고민스러웠다. 내가 그걸 입고 있는 모습에 엄마가 감동하며 만족을 드러낼까 두려웠다. 하지만 벗으면 더 안 좋을 것 같았다. 할머니에 관해 물으니 엄마는 이렇게 답했다. "네 할머니가 여기 같이 계셨다면 얼마나 재밌었을까. 그럼 아기 원숭이들처럼 나란히 앉아 서로 등을 밀어줬을 텐데."

"할머니가 우리 중에 제일 예뻤을 거야."

엄마가 웃었다. "얼굴이 좀 크긴 했지만 참 아름다우셨지. 네가 달랑 코트 하나만 걸치고 백화점 문을 나서게 하지도 않으셨을 거야. 한 열두 벌은 사주셨겠지." 그러곤 내 소매를 잡아당기며 말했다. "이거 입다가 질리면 엄마한테 줘. 엄마가 잘 보관해 뒀다가 나중에 네가 생각나서 물어보면 주게, '아, 그때 그 코트!' 하면서. 그걸 다시 입으면 아마 지금 기분이 그대로 느껴질 거야."

"아, 상쾌하다. 나 보니까 할머니가 떠올라?"

"네 오빠가 너는 강해서 절대 안 운다고 하더라." 엄마가 슬프게 미소 지으며 말했다. "할머니가 어떻게 돌아가셨는지 알지? 하늘에서도 외로우실까?"

3

그때
그 노래

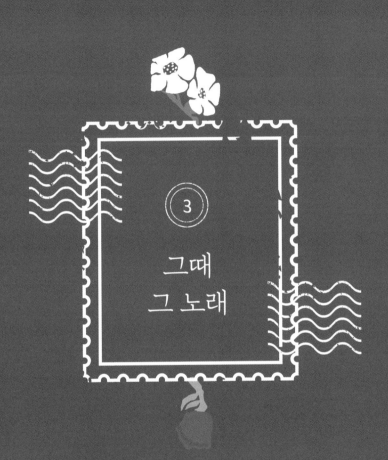

안녕? 은지
아침에 통화하고 나서 너무 기뻤어.
기분이 많이 좋아진 듯 했고,
특히 엄마가 좋아하는 노래를 불러줘서 너무 고마워
눈물이 날 뻔 했어.
다음에 또 불러줘.
은지 목소리는 언제 들어도 좋아.
그래,
사람이 산다는게 쉽지 않아.
어른이나 아이나, 다 똑같애.
서로 감정이 다르고, (생각이 다르니까)
원하는게 다르니까 그렇지. 사실은 누구나 다 같애.
때로는 슬프고, 즐겁고. 절망하고, (hopelessness, despair)
엄마도 그래, 이 나이쯤 되면 모든것에서
벗어 났을것 같은데 그게 아냐.
매일 매일 생각이 변하고 control 이 안되고 그러지.
하지만 은지야,
우리의 인생은 하느님이 주신 무척 소중한 시간이란다.
물론 슬픔도 기쁨도 다 함께 해야 하지만
불행 (happy 하지 않은것)을 느끼는데 시간을
낭비 (waste) 하지 말자.
미국 대통령 존F 케네디 알지?
그 사람이 이런말을 했어.
'물건을 잃으면 작게 잃는 것이고, 신용 (trust)을
잃으면 크게 잃는 것이다. 용기를 (courage) 잃으면
모든것을 잃는 것이다'
어때?
정말 좋은 말이지?

늘 스스로에게 (myself) 말해주고 다짐하는거지.
그렇다고 conform 하는것
누군가가 도와 달라고 하면 기꺼이 (willing to)
손을 내밀어 힘이 돼주고,
누군가의 도움이 필요하면 정직하게 말하는거야.
honesty
펭귄 알지? 펭귄들도 서로 도와주고 질서를 지킨다.
order, discipline
엄마가 책에서 읽은건데 그대로 copy 할께.
'남극 (the south pole) 펭귄은 매서운 바람이 불면
아주 추운
옹기종기 모여 서로 온기를 나눈다. 바람이 몰아치는
쪽에 있던 펭귄은, 잠시 뒤 바람이 거의 들지 않는
뒤쪽으로 옮긴다. 이때 다른 펭귄이 나와 바람에
맞서는데 이 rule을 모두 지킨다. 늘 뒤쪽에만
있으려 하면 자기도 살아남기 어렵다'
이해가 되니?
서로서로 도와주고 힘이 되줘야 된다는건데.
늘 다른 사람만 도와주지 말고 너도 힘들면
힘들다고 말해. 뭐 부리고 싶으면 그렇게도 해보고.
어떤 말을 해야 은지한테 도움이 될지는 모르겠지만
엄마가 보기에 은지는 너무너무 잘하고 있어.
엄마가 생각한것 보다 훨씬 훌륭하고 좋은사람으로
커가고 있는것 같애.
모든건 과정이야, 지나가는 거고...
항상 밝은 마음으로 살도록 애써보자. 엄마도, 은지도.
사랑해 우리은지.
노래, 정말 정말 고마웠어 안녕

mom
2006. 1. 18

1972년, 서울에서 남쪽으로 140킬로미터 떨어진 대전. 서른둘의 우리 할머니 '준'은 이층집 서양식 탁자 앞에 앉아 자신의 열네 살 난 딸, 우리 엄마의 치마를 바느질하고 있었다. 다리를 꼬자 진초록 실내화와 맞춰 입은 시폰 원피스가 펄럭였고, 얇은 귀 뒤론 파마한 머리가 곱슬거렸다. 준은 일부러 딸의 치마를 규정보다 1인치나 짧게 싹둑 잘라냈다. 경찰이 줄자를 들고 다니며 치마 길이를 재는 행태에 반감이 들어서였다. 준 부부는 그 일대에서 아는 사람은 다 아는 부자였다. 준은 자신이나 딸의 치마 길이로 경찰에게 괴롭힘을 당하지 않을 만큼 축복받은 삶을 살았다.

준의 딸은 중학교에 들어가면서부터 마을 흙길, 초가집, 바람 한 점 없는 긴 여름 동안 홈통을 가득 채운 마른 지푸라기 속에서 저 혼자 도드라지는 걸 싫어하기 시작했다. 된장독에 손을 담그는 여느 마을 사람들처럼 다리와 발목을 덮는 소박한 면 치마를 더 즐겨 입었다. 딸이 보기에 준은 치아가 너무 가지런하고 반지는 너무 많으며 인어처럼 굴곡진 몸매는 당혹스럽기만 했다.

딸이 다니는 학교의 아이들은 준이 화려하게 꾸미고, 이미 남편보다 키가 큰데도 하이힐을 신고 돌아다니며, 전통을 경멸하는 모습을 두고 혀를 놀렸다. 준은 소화에 좋은 밥과 김치 대신 기름진 돼지고기를 구워 학교 모임에 가져갔고, 교사들에겐 걸쭉하고 뽀얀 곰국을 대접하며 자기 딸이 신문부에서 시를 써 상을 받았다고 자랑했다. "제 딸은 시를 정말 좋아해요."

준은 딸에게 점령과 전쟁의 기억, 여자아이들이 추위를 막으려고 겉옷에 솜을 덧대거나 주변 사람들이 사라져 버린 기억이 없단 것에 감사했다. 만약 장티푸스에 걸리지 않았다면 준도 어디론가 사라졌을 것이다. 딸은 산업화가 한창이고 예방접종과 구불구불 뻗은 고속도로와 텔레비전이 있는 세상에 태어났다. 딸은 이토록 활기찬 나라에서 태어났건만 준은 여전히 심장이 텅 빈 듯한 기분에 시달렸다.

마을 유부남들과 소년들은 야릇한 시선으로 준을 바라봤다. 사람들은 세월이 지나면 달라지려니 했지만, 준은 출산하고 나서도 도로 날씬해져 예전 몸매를 되찾았다. 준이 옷깃엔 털이 달리고 착 달라붙어서 굴곡진 몸매를 강조하는 쫄쫄이 옷을 입고 시장을 활보하면 다른 엄마들이 자기 아들의 눈을 가리기 바쁠 정도였다. 엄마들은 여자들이 성노예로 끌려간 뒤 간신히 되찾은 순결이란 가치를 준이 망가뜨려놓고 말리라고 장담했다. 그들이 준에게서 좋아한 점은 오직 그의 잘나가는 남편뿐이었다.

남편 '리'는 풍채 좋은 근육질 몸에 씀씀이가 후한 사람이었다. 이자 없이 돈을 빌려주고, 싸울 때도 절대 언성을 높이지 않았다. 부와 지위 덕분에 리가 출장을 가 있을 때조차 그의 아내를 진지하게 쫓아다니는 남자는 아무도 없었다. 모직 코트 속 리의 굵은 팔은 자기 평화를 위협하는 어떤 시도에도 맞설 태세를 취하고 있었다. 시골에서 나고 자란 리는 다른 무엇보다 평화를 소중히 여겼다. 여자 문제를 제외하고는.

헤엄쳐 다니는 물고기가 잡힌 물고기보다 늘 더 맛있었다.

다른 남자들에겐 준이 헤엄쳐 다니는 물고기였다. 하지만 남편에겐 이미 오래전에 잡힌 물고기였다. 결혼하고 나서 한동안은 충실한 남편 노릇을 했던 리는 결국 다시 정부情婦의 품으로 돌아갔다. 리에겐 그럴 만한 경제적 여유도 있었다.

어느 날 밤, 리는 준과 약속했던 시간보다 한 시간 늦게 귀가했다. 그리고 마치 다른 남자로 변신하듯 회색 모직 양복을 벗고 잠옷으로 갈아입었다.

준은 리가 양쪽 소매에서 한 팔씩 빼내는 모양을 보고 정부의 품에 안겨 있다 왔음을 알아챘다. 대문을 들어서기 직전에 누군가가 서둘러 옷을 입혀준 것이다. 아니면 더 일찍, 그날 아침 호텔이나 제방 근처 아파트에서 두 번째 아침 식사를 하고 나서였는지도 모른다. 혹시 남편이 정부에게 아파트를 사줬을까? 창백한 다리가 대롱거리도록 정부를 번쩍 들어 안고 우리 욕조보다 더 큰 욕조에 함께 들어갔을까? 남편은 왜 내가 만든 갈비찜을 맛있게 먹지 않을까? 이미 저녁을 먹은 걸까? 준은 재봉이며 요리며 오페라에 남다른 재주가 있을 뿐 아니라 타고난 미인이었다. 부부에겐 아들 둘과 딸 하나가 있었지만, 리가 누군지도 모르는 여자에게서 자신들의 첫아이보다 먼저 태어난 여자아이를 데려왔을 때 준은 리의 각진 얼굴과 속쌍꺼풀을 닮은 그 아이를 순순히 가족으로 받아들여 친자식처럼 살뜰히 키웠다. 그동안 그 여자는 리의 옷을 찢고 흐느끼고 신음하며 그의 기력을 쏙 빼놓곤, 인삼 넣은 삼계탕으로 다시 원기를 회복하도록 준에게로 돌려보냈을까? 그런데도 왜 죽어버리지 않았을까?

≋

준이 죽지 못한 건 아이들 때문이란 사실을 모르는 사람은 아무도 없었다. 준은 날카로운 가위를 찾아 나무 화장대를 샅샅이 뒤졌다. 그리고 남편을 사랑하는 여느 아내처럼 한마디 말도 없이 가격표를 잘라내고 남편의 새 정장 재킷을 철사 옷걸이에 걸어놨다. 늘 바쁜 리는 정부들 때문에 더 바빠졌다.

준은 행여 남편이 더 멀어질지 몰라 두려워하면서도 더는 질투심을 숨기지 못하고, 시장에서 멸치 파는 여자와 너무 오래 악수하는 남편을 타박했다. 멸치 파는 여자와! "결국엔 내가 사람도 죽일 수 있겠단 걸 알겠어요." 마을 사람들은 준의 애끓는 질투를 이해하지 못했다. 그들의 몰이해는 성가시고, 그들의 정의감은 잔인했다. 다른 여자들, 특히 아내들은 준을 나무랐다.

고풍스러운 코트와 블루 오팔, 배부른 아이들이 있는 이층집에서 뭘 더 바라고 그렇게 투덜대냐고.

"사랑하니까요." 준은 어린아이처럼 대꾸했다.

≋

준의 딸은 다른 엄마들 말이 일리가 있다고 생각했다. 설령 수공예 장식이 조각된 안방 문 너머로 자기 엄마가 방바닥에서 제 몸을 끌어안고 있는 모습을 목격했어도, 아니 그런 모습을 목격했기에 더 그랬다. 준은 충동적으로 제 발목을 붙잡고 몸을 들썩이며 가련하게 울부짖었고, 반들반들한 집과 텅 빈 침실의 날카로운 침묵을 자책했다. 고통에 찬 사랑이라고 어찌 사랑이 아니겠는가.

그해 중반 준은 약장 서랍을 열고 알약을 한 움큼 집어 마치 자기 존재를 완전히 없애려는 듯 꿀떡 삼켰다. 하지만 다시 살아났다. 준의 존재는 그토록 모나고 질겼다.

그다음 해엔 저녁에 보리차를 마시고 나서 부엌칼로 자신의 양팔을 그었다. 살이 칼집을 낸 소시지처럼 벌어졌다.

또 그로부터 6개월 뒤엔 남편이 입을 새 와이셔츠를 사 와 다음 날 입도록 서랍장 위에 놓곤 자기 방으로 돌아와 예비 가스통 밸브를 열고 잠들었다.

그러나 준은 번번이 살아남았다.

≋

가스통 사건이 일어난 뒤 준은 병원에서 깨어났다. 창밖으로 마을 개들이 길을 건너는 모습이 보였다. 군 복무를 마친 젊은이들은 교복으로 갈아입었고 검정 모자에 검정 구두 차림으로 열을 지어 행진했다. 세상은 또다시 변하고 있었다. 하지만 아직 충분할 만큼은 아니었다. 밖에서 들려오는 소리는 소요와 정적 사이를 오갔으며, 다리 밑 현수막에는 자유에 대해 준이 받아들일 수 있는 것과 그럴 수 없는 것이 번갈아 가며 적혀 있었다. 이 마을이 준을 길러냈다. 준이 다니던 길은 제각각 그의 몸을 이루는 여러 기관이 됐고, 마을 상점들은 칸칸이 준의 뇌에 자리 잡았다. 준은 자신을 키워주고, 자신이 불구덩이와 잿더미에서 일으켜 세운 마을을 사랑했다. 마을의 구원자는 늘 준비

되어 있고, 절대 미쳐 날뛰지 않고, 조용히 병들어 가는 마을 사람들이었다. 그들은 공공장소에서 남편을 향해 울부짖는 준을 상스럽게 여겼다. 준의 몸은 여위고 차가워졌다. 준은 오랜 대전 생활을 정리하고 짐을 꾸려 서울의 한 아파트로 들어갔다. 남편과 아이들은 모두 남쪽 집에 남겨둔 채로.

1974년 서울. 서른넷의 준은 자기 아파트에 앉아 바느질하는 게 좋았다. 골목을 지나는 트럭 확성기에서 울려 퍼지는, 열정적인 기독교 선교사들의 찬송가 소리를 듣는 것도 좋았다. 준의 건강은 이제 어두운 동굴을 빠져나와 환한 햇살을 맞이했고, 눈은 생기로 반짝였다. 준은 사람들이 좁은 인도를 따라 정신없이 흘러 다니는 모습, 남녀가 제 그림자를 이끌고 도시의 춤을 추는 모습을 지켜봤다. 그리고 자신도 그 춤에 동참해 스텝을 밟았다.

어느 날 남편이 찾아와 준에게 애원했다.

준은 문을 열어주지 않았다. 그저 남편이 밖에서 서성이는 소리만 가만히 듣고 있었다.

리는 몇 시간을 기다리다 떠났다. 아내가 도시를 좋아한다는 걸 알았지만, 도저히 아이들을 혼자 키울 수 없었다. 아이들은 자신이 아닌 아내에게 속했다. 자신은 그저 그 아이들의 아버지일 뿐 그들을 전처럼 혹은 원하는 만큼 사랑할 수 없었다. 두 사람을 갈라놓은 문 너머로 리는 그런 자기 감정을 이야기했다. 리가 자기 아이들에게서 본 건 아내의 총명과 고집이었다. 아내를 생각할 때마다 리는 감정에 북받쳤다. 아내가 집으로 돌아오기만 한다면 갓 결혼했을 때처럼 다른 어떤 여자도 두 번 다시 자신들의 집, 아이들, 삶 근처에 못 오게 하리라 다짐했다. 리의 입속 깊은 곳에서 두 아들과 두 딸의 반짝이는 눈동자가 엄마를 부르는 소리가 들려왔다.

어느 평일 오후, 대전에서 고등학교에 다니던 막내딸, 그러니까 우리 엄마가 준의 서울 집 문 앞에 나타났다.

학교는 빼먹은 게 분명했다. 준의 고집스러운 턱을 쏙 빼닮은 딸은 두 시간 동안 혼자 버스를 타고 올라와 문 앞에서 기다렸다. 준은 간담이 서늘했지만 딸의 용기가 고마웠다.

딸은 들고 온 바구니를 준의 발치에 내던졌다. 쏟아져 나온 건 가위로 구멍 낸 상아색 학교 양말이었다.

딸이 말했다. "싹 다 구멍 나서 이제 신을 양말이 없어."

준은 양말 한 짝을 집어 들고 구멍에 손가락을 집어넣었다. "전부 이렇게 말끔하게 구멍이 난 거야?"

"양말 없으면 학교에 못 가."

준은 딸이 열심히 구멍 낸 양말을 들여다보며 그 수를 셌다. "어쩜 이렇게 영리하니?" 준이 중얼거렸다.

"이거 다 기워줄 때까지 학교에 못 가." 딸이 다시 한번 말했다.

"다른 사람한테 맡겨." 준은 바구니를 밀어냈다.

"거기엔 아무도 없어."

"돈 줘?" 준이 물었다. "어디 삯바느질해 줄 사람이 있겠—"

"아니, 엄마가 해야 해. 엄마가 기워야 해."

"얘, 이건 그냥 양말이잖아."

"이런 건 엄마가 제일 잘하잖아. 안 그래?"

준은 종종 딸의 재치를 자랑했다. "이렇게 허비하기엔 넌 너무 똑똑해."

준은 밤새 열두 켤레의 양말을 기워 바구니에 가지런히 접어 놓았다. 너무 마구잡이로 잘라놔서 다시 다듬어 잘라야 한 것도 많았다. 딸이 흘린 눈물에 젖은 것도 있었다. 준은 아침에 딸을 흔들어 깨워 학교 문이 열리기 전에 대전 집으로 보냈다.

다음 날 정오에 딸은 다시 문을 두드렸다.

준이 문을 열자 딸이 찌그러진 냄비, 찢어진 셔츠와 바지 한 무더기를 우수수 쏟아놓았다. 딸은 학교에 가는 대신 대전의 집 근처 바위에 대고 냄비를 찧고, 자기 셔츠를 찢고, 바지를 난도질한 거였다.

준이 물었다. "네 아버지가 널 여기까지 데려다줬니?"

"아버진 내가 학교에 있는 줄 아셔. 돈은 아버지가 주셨지만."

"대전 가는 막차가 몇 시야?"

딸은 거짓말할 때처럼 바닥을 노려봤다.

"너, 선생님을 속인 거야." 준이 엄하게 말했다. "오늘 저녁 버스 타고 가. 내일은 반드시 학교에 가야 해."

"알았어. 내일은 학교에 갈게."

"아버지 돈을 어떻게 이렇게 써!"

딸이 조용히 물었다. "집에 언제 올 거야?"

"엄마 힘들게 하지 마."

"아버지가 엄마한테 미안하대. 근데 엄마는 항상 아버지한테 소리 지르고 불평하잖아."

"그건 네 아버지 돈이야. 네가 학교 다니고 점심 사 먹고 책 사라고 주시는 거야." 준이 말했다. "제발 너도 네 오빠나 동생처럼 살아."

딸은 준의 말을 무시하고 되물었다. "어떻게 우릴 떠날 수가 있어?"

"그만. 그만해." 준이 말했다. "네가 그러면 엄마가 슬퍼서 못 살아."

딸이 소리쳤다. "엄만 정말 이기적이야!"

"그럼 가. 여기서 나가. 네 물건들 싹 다 가지고."

딸이 바닥에 주저앉았다. "아냐, 엄마. 미안해. 미안—"

"나는 왜 행복하면 안 되는 거니?" 준이 딸에게 물었다.

딸은 울면서도 꿈쩍도 하지 않았다.

"넌 딱 네 아버지야. 얼마나 욕심이 많은지. 머리는 빗은 거니? 꾀죄죄한 꼬락서니에 냄새까지 나. 네가 어떻게 내 딸이야?" 준은 딸이 포기하도록 부러 모질게 말했다. "언젠가 너도 딱 너

같은 딸, 아니 더한 딸을 갖게 될 거다." 그리고 위협적으로 덧붙였다. "그러면 내가 널 괴롭히러 돌아온 건 줄 알아."

준은 더는 딸을 쳐다볼 수 없었다.

딸은 선 채로 기다렸다.

"난 집에 뭐든 보낼 만한 게 있는지 좀 찾아봐야겠다." 준이 마침내 다시 입을 열었다. "넌 저 소파에 드러누워 자."

준은 딸에게 들려 보낼 새 냄비와 수선한 옷가지를 큰 보자기에 조심스레 쌌다. 딸이 대전으로 돌아가는 버스에서 보따리를 바닥에 둘 수 있어야 할 텐데, 그러지 못한다면 그 무게 탓에 다리에 멍이 들 수도 있을 것이다. 보자기 매듭을 묶었다 풀었다 하고 있자니 준은 당장 심장이 멎을 것만 같았다. 딸이 강한 의지력이란 무기를 사방팔방으로 휘둘러 대는데, 준의 약한 심장은 그리 오래 버틸 수 없었다. 준이 둘 모두를 위해 딸을 겁주어 쫓아내야 했다. 하지만 딸은 그 뒤로도 몇 달 동안이나 학교를 빼먹고 다시 찾아왔다.

슬픔에 빠져 날카로워진 딸을 생각해, 준은 석 달 동안의 서울 생활을 접고 대전으로 돌아갔다. 오로지 아이들만 생각했다. 그해 겨울엔 마을이 달라 보였다. 모든 걸 실제보다 커 보이게 만든 건 눈[雪]이었다. 준의 발자국은 그 뒤에 우물을 남겼고, 그 우물은 달빛에 더 깊어졌다. 준은 한 집으로 오며 다른 집을 버린 것이었다. 철문 앞에서 기다리던 남편 리가 준을 반겼다. 리는 아내를 조용히 미소 짓게 하려고 부지런히 노력하고 꼬박꼬박 제시간에 귀가했다.

≋

그로부터 2년 후 불볕더위가 기승을 부릴 때 준은 서서히 굶어 죽어가고 있었다.

준은 대전을 떠나야만 낫는다는 걸 알았지만, 기어이 엄마를 대전에 붙잡아 두려는 딸이 끓여준 죽 한 숟가락에 굴복할 수밖에 없었다. 집 안을 돌아다니는 딸의 발소리는 불규칙했다. 준은 딸이 남편처럼 방 밖을 서성이는 소리를 들었다. 하지만 준은 침대 밖으로 나오기도 힘들어져 집에 오래 머물지 못했다. 고등학생 딸이 다음 학년으로 올라갈 때 준은 고혈압으로 병원에 입원했다.

딸은 학교를 빼먹고 엄마를 보러 병원에 왔다. 딸은 준에게 부디 이성적으로 생각하라고, 아버지를 더 용서하는 마음으로 봐달라고 했다. 그러곤 자신의 손길로 준의 뺨을 시원하게 식혀줬다. 상처와 오랜 원한을 내려놓으면 기분이 한결 나아질지도 모른다고도 했다. 준은 딸의 이마에 보기 싫은 주름이 잡힌 걸 알아챘다. 그건 싸움으로 주름이 더 늘게 할 딸을 낳게 된단 뜻이다. 반면 매끈한 이마는 참고 참아 이마가 더 매끌매끌하게 해줄 아들을 낳게 된단 뜻이다. 결국 어떤 여자라도 엄마의 얼굴을 벗어날 도리가 없었다.

리는 자기 딸이 도시에 대한 흥미를 거두고 일찌감치 결혼해 한눈팔지 않고 열심히 제 아이들이나 키우길 바랐지만, 준은 언젠가 텔레비전에서 눈부시게 빛나는 딸을 보게 되길 바랐다.

병원에 입원한 준은 더는 음식을 씹지 않았다. 혹은 더는 그러려고 노력을 기울이지 않았다. 딸이 안 볼 때 죽을 뱉어냈고, 뭐든 먹으면 위가 알아서 도로 게워냈다. 준은 내내 자기한테 온 딸을 그렇게 야단쳤던 사실만이 후회될 뿐이었다.

갑자기 시야가 뿌예졌지만, 준은 딸에게 무슨 일이 있어도 고등학교와 대학은 마치겠다는 다짐을 받았다. 딸은 준에게 제발 더 가벼워지라고, 더 비우라고 애원했다. 그러면 자기 엄마가 살아날 수 있으리라고 믿었다. 모두가 기다리는 집으로 돌아갈 수 있으리라고. 준이 말하지 않은 건 딸이 절대 자기처럼은 되지 않길 바란다는 것이었다.

1980년 대전. 준은 마흔 살의 나이에 심장마비로 병원 침상에서 생을 마감했다.

당시 마을 사람들은 준이 앓은 병을 동맥류라고 부르지 않았다.

마을에선 준이 화병으로 죽은 거라 쑥덕거렸다. 화병에 걸려 죽으면 저승에 가지 못하고 귀신이 됐다. 마을 사람들은 잰걸음으로 서둘러 귀가했으며 길, 시냇가, 차도, 학교 운동장, 미장원, 식료품점, 교회에서 낯선 사람을 만나면 행여 준의 환생이나 마을을 떠도는 그일지 몰라 더 깊이 허리 숙여 인사했다. 공기는 꼭 흐르는 콧물 같았고, 매미는 시끄럽게 울어댔다.

종교가 있든 없든 모두가 귀신을 쫓느라 창턱에, 흙길 건너에 열심히 초를 켰다. 또 연기를 부채질해 공간을 정화했다. 온 마을이 공포에 휩싸였다. 하지만 그럴수록 그 일은 중요하지 않아졌다. 사람들은 그 화려한 여자 귀신을 떠올렸지만, 마을은 계속 혼란스럽기만 했다. 그 불쌍한 여인은 지금 어디에 있을까? 그의 하이힐과 구슬픈 노랫소리는? 그가 사라지게 하려면 하염없이 기다리는 수밖에 다른 도리가 없었다.

몇 달이 지나자 사람들은 항아리에 꽂아둔 초를 버렸다. 그 여인에 대한 말은 무시하거나 저 멀리 내동댕이쳤다. 사람들은 유난을 떨며 기도하기도 했지만, 겨울엔 그런 분위기도 사그라졌다. 모두가 이불을 둘둘 감고 긴 잠을 잤다. 하지만 그들이 그걸 화병이라 부를 때가 최악이었다. 그 단어는 마치 퍼져나가지 못하게 막아야 할 감기라도 되는 양, 잊어야 할 무언가처럼 이 이야기를 억지로 종식시켰다.

준이 죽은 지 3년이 지난 1983년 10월의 어느 날 늦은 밤, 리는 차를 몰고 낚시 여행을 다녀오는 길이었다. 비바람 속을 달리던 리의 차가 도로에서 미끄러져 벼랑 밑 개천으로 굴러떨어졌다. 마을 사람들이 개천 저 아래쪽에서 통통 불어 떠오른 리의 시신을 건져냈다. 사고를 목격한 사람은 아무도 없었다. 조사도 없었다. 아마도 밤에 죄책감과 술에 취해, 아니면 연인의 품을 찾아가다가, 자기 차선을 침범한 트레일러를 피하려고 핸들을 꺾다가 그렇게 된 건지도 몰랐다.

어쩌면 리는 백미러에서 자기 아내를 봤는지도 몰랐다. 자기 뒤편에서 준이 입 모양으로 노래를 따라 부르며 비에 젖은 아스팔트 위에서 맨발로 춤을 추는 모습을. 리는 비 오는 밤이면 아내가 잠옷 차림으로 춤추길 좋아했던 걸 기억했다. 개천에 처박힌 차 안에 물이 차오르는 광경을 보면서 어쩌면 굳이 문을 열려 하지 않았을지도 모른다. 리는 그 자리에 가만히 있는데 그의 양복이 물속에서 몸을 들어 올렸다. 넥타이는 턱 옆에서 하늘하늘 헤엄치고, 리는 아내가 노래의 마지막 소절을 끝낼 때까지 하염없이 거울만 바라보고 있었다. 리에게 그 노래는 내가 당신을 사랑한다고, 당신이 나를 사랑한다는 것도, 그 모든 게 사랑이란 것도 안다고, 그게 다 사실이어서 유감이라고 말하는 노래였다.

한편, 리의 딸은 다니는 대학 기숙사 근처 야외 술집에 홀로 앉아 있었다. 그러곤 자기 방에서 잠을 자다가 언니 손에 들린 차 향기에 눈을 떴다. 언니 옆엔 목소리가 가늘고 맑은 오빠와 남동생도 같이 앉아 있었다. 그들에게 이끌려 다른 방으로 가보니 엄마 영정 사진 옆에 검정 리본을 매단 아버지 사진이 기다리고 있었다.

≋

그로부터 33년 뒤인 2016년 대전. 우리 엄마는 자기 부모님의 시신을 파내려고 그분들이 묻힌 곳으로 돌아갔다. 미국에 있을 때 형제자매들이 전화해, 아버지가 추위에 오들오들 떨면서 자기들을 부르는 꿈을 꿨다며 엄마에게 이장을 도와달라고 한 터였다.

묘지 관리인이 리의 무덤을 파보니, 부스러질 듯한 그의 유해가 지난 1년간 물에 흠뻑 젖은 상태로 묻혀 있었다고 한다.

"강이 아버지 몸을 관통해 흐르고 있었어." 엄마는 울기 시작했다. "죽은 사람한테까지 이래야 해? 대체 강이 왜 지나가 가지고 우리 아버지 시신을 얼려놓는 거야?" 엄마는 눈을 꽉 감았다.

"어떻게 그게 하필 아버지가 누워 계신 자리로 흐를 수 있지?"

리의 유해는 거무튀튀하고 푸슬푸슬 삭아 있었다.

그로부터 한 걸음 떨어진 곳에 준의 유해가 있었다.

강은 개울이 되어 준을 비켜 흘렀다. 준에겐 닿지 않으려 했다.

준의 유해는 깨끗하게 보존되어 있었다. 달큼한 향이 나는 흙처럼 부드러운 갈색이었다. 염을 할 때 싸놓은 천도 준을 본래 모습 그대로 따뜻하게 지켜주고 있었다. 준은 양손을 교차한 자세로 얌전히 누워 있었다. 부동자세로 있는 듯하지만, 세상을 줄곧 관망해 온 사람처럼 편안해 보였다. 머리는 마치 속으로 미소 짓는 것처럼, 입속에 시곗바늘이라도 있는 것처럼 살짝 기울어 있었다. 우아하고, 푹 쉰 듯 보였다. 관리인조차 감동에 차서 그 광경을 묘사할 정도였다. 자기가 이 일을 한 지 오래지만 여태 이렇게 평온한 묏자리는 처음 본다며, 절대 잊지 못할 거라고도 했다. 리의 군 복무 이력 덕분에 국가에서 부부를 국립대전현충원에 정식으로 다시 안치하도록 허가해 줬다. 전처럼 서두르지 않고, 사랑을 담아 절제된 애도를 표하며 최고로 영예롭게.

4

열리고
닫히고

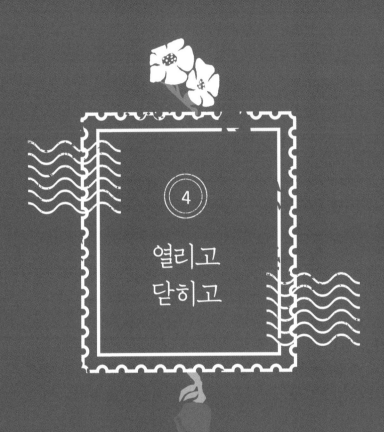

Date. Page. 1

Hello?
밤새 (during the night) 하얀눈이 많이 왔구나.
온세상이 하얗다.
아빠 출근해야 하는데 차 땜에 걱정이다.
눈 다 치워야 하잖아.
차위에도 눈이 15cm 정도 쌓였거든.
지금? 아침이야.
아빠 출근하고 나면 엄마는 시골에 간다.
이모하고 cousin들 만나러 가거든. 얘기했지?
할 수 없이 내일 일본어 학원은 absence 이다.
그것도 걱정이야.
학원에 4명 있거든, (including me)
근데 2명이 사정(excuse)이 생겨서 이제부터
못나온대.
그러면 class가 없어질 수도 있어
모처럼 뭔가 배울려고 하는데 말야
속상 하겠지?
그래도 배울거야. 다른데도 있으니까.
너는 lately 뭐하고 지내?
final도 끝났고. performance도 했구,
친구들 하고는 잘 지내구?
엄마 갈때 뭐 필요한것 있으면 말해.
참, 일본말 적어 준다고 하고선 안해줬지?
right here!
(" 나니가 호시이데스까。" 무엇을 갖고 싶습니까?
" 나니가 시따이데스까。" 무엇을 하고 싶습니까?)
(" 오까네가 호시이데스 " 돈이 갖고 싶습니다.
" 세까이료꼬우 (세계여행) 가 시따이데스"
세계여행이 하고 싶습니다.)

Date. Page. 2

How about it? 쉽지?
갈수록 어려워 지지만 아직 재미있어.
다음 편지는 시골에 갔다와서 쓸께.
2박 3일 (2nights and 3days) 가니까 (7.8.9)
금요일에 쓸께.
금방 전화 왔는데 시골에 못간대.
눈이 너무 많이 와서 길이 막혀서 못간대.
너무하다. 그치?
우리나라 시골길은 작고 시멘트길 이잖아.
할 수 없지 뭐.
좀 있다가 언니들 하고 연락해서 어떻게 해야지.
작은 삼촌은 내일 이사한대.
도와주지 못했어. 많이 미안하고 걱정도 돼.
this year에는 삼촌이 좀 잘살았으면 좋겠다.
큰 삼촌네는 이제 괜찮은데 말야.
또 전화 왔는데 이천언니집으로 모인대.
그래도 큰일이다. 차가 움직일래나 모르겠다.
대전 이모는 벌써 버스 탔대.
에이고, 언니들 만나기 힘들다.
Anyway 나가봐야지. 온세상이 하얀날 luck을 빌어야 겠다.
'우리 새끼들 건강하게 보살펴 주시고 특히 우리은지가 잘 지낼 수 있게 해주십시오, 특별히 은지가 원하는 college에도 합격하게 해주십시오'
아! 또 있다
'감사합니다. 뭐든지 감사합니다'
엄마 잘 지내고 와서 바로 다시 편지할께.
be happy!

mom
2006. 2. 7. 9AM

morning glory

서울의 엄마 집을 방문한 뒤, 같은 달 말 일본 나리타국제공항에 도착했다. 열일곱에 일본어를 배우고자 한 국제학교의 여름 교육과정에 등록한 터였다. 카키색 옷과 챙 모자 차림에 눈매가 날카로운 나이 지긋한 여자가 동쪽 오카치마치의 내가 머물 호텔과 서쪽 시나노마치의 학교 위치를 동그랗게 표시한 도쿄 지도를 내게 불쑥 내밀었다. 인천에서 나리타로 가는 비행기에서 나는 멀미 때문에 도시락을 소화하지 못했다. 승무원들은 미안해하면서도 비행기에선 약을 줄 수 없었다. 두 시간 동안 화장실 변기에 머리를 처박고 있었고, 난기류를 지날 땐 벽 손잡이에 매달렸다. 창밖엔 굵고 가는 빗줄기 사이로 뒤쪽에서 바람이 하얗게 휘몰아쳤다.

내가 들고 간 건 휴대용 일본어 사전과 옷가지가 든 가방뿐이었다. 여자가 자기 손으로 내 차가운 손을 문지르며, 내게 심각한 문제가 생기지 않는 한 자기를 다시 만날 일은 없을 거라 말했다. 내가 탄 버스가 밤길을 질주하기 시작했다. 잠에 빠진 뒷좌석 승객들 옆에 나란히 끼어 앉아 있으려니 그 낯선 여자의 말이 귓전에 맴돌았다. 니혼바시 정류장을 지나고 나니 좌석 한 줄이 통째로 비었다. 나는 거기에 드러누워 다른 사람들처럼 잠을 청했다.

≋

일본어 학습에 엄격히 임했다. 동이 트기 전에 룸메이트를 깨우지 않도록 조심하며 오카치마치의 호텔 방을 나섰다. 하지만 150센티미터 남짓한 길이의 침대에 이틀에 한 번씩 좌우를 바꿔가며 대각선으로 누워 자느라 수면은 늘 부족했다. 기차역 근처 실내 쇼핑몰이 셔터를 열면, 그 문을 지나 천장에 덩굴이 매달려 있는 텅 빈 커피숍에 들어갔다. 커피 바의 높은 스툴에 앉아 일본어 사전 열 쪽을 암기하고 단어 200개를 베껴 적었다. 총 6000개의 단어가 식사, 운전, 집, 기타의 범주로 나뉘어 있었다. 세 시간 후 담배를 피우며 기차역 쪽 언덕길을 걸어 시나노마치로 향했다. 학교가 끝나면 커피숍으로 돌아와 저녁 복습을 했다. 내 입에서 흘러나오는 그 단어들이 얼마나 친근하게 들렸는지. 나는 이 언어를 한 사람을 알아가는 방식으로 배우기로 했다. 맨 처음 익힌 단어는 사과의 말로, 도움을 구하고자 낯선 이를 불러 세우는 법을 배웠다.

주문을 제대로 할 수 있을 때까지 여드레 동안은 식당에서 저녁을 먹지 않았다. 언어를 배우지 못한다면, 제대로 된 식사는 해서 뭐 하겠는가? 나는 직장인과 학생이 조용히 식사하는 우동집에 돌진하고 싶은 충동을 간신히 억누르며 이 규칙을 고수했다. 호텔 밖 간이 라멘집에서 몸집이 나만 한 소년이 엄청난 양의 면을 후루룩거리며 먹더니 5분 만에 빈 그릇을 카운터에 돌려주고 리넨 커튼 문 너머로 사라지는 모습을 지켜본 적도 있었다. 나는 유카타 차림으로 호텔 옥상을 거닐며 편의점에서 사 온 물과 주먹밥을 먹었다. 아무것도 토해내지 않았다. 그럴 거라면 먹지 않을 생각이었다. 낭비하기보단 참는 것이, 포기하기보단 선택하는 것이 성숙한 행동이라 생각해서였다. 담배를 한 대 피우고 나서 이제 주문을 한번 해보기로 했다. 편안하게 발음해야 했고, 정중하면서도 친근하게, 공손한 어조로 물어보고, 확인을 바라며, 양해를 구하는 듯하면서도 확실한 전달 의지를 담아 말해야 했다.

열흘이 지난 뒤 나는 오카치마치역 근처의 작은 식당에서 직장인들로 붐비는 밤에 카운터 맞은편 자리에 혼자 앉았다. 빈 유리잔들이 부딪치는 소리 너머로 카운터 건너 주방장에게 일본어로 쇼유라멘을 주문했다. 주방장의 눈길은 무시하고, 그가 카운터 상판에 놔둔 그릇에 시선을 고정했다. 계산서를 달라고 할 때까지 더는 대화할 일이 없으리라 기대하면서. 하지만 주방장은 아침이나 뭐든 밥이 될 만한 걸 먹었냐고 내게 물었다. 책에서 배운 적 없는 대화였다. 나는 양 손바닥을 펼치는 손짓을 해가며 공부에 몰두하고 싶은 내 바람을 일본어로 말했다. 팔꿈치나 팔을 탁자 위에 올리지 않고 꼿꼿한 자세로 내가 경청하고 있음을 알렸다. 말과 선택이 있었다. 돌진이 아닌 끈기란 뜻

으로 잇쇼켄메いっしょけんめい를 썼고, 지식을 드러내길 주저했으며, 존중을 표하려 눈보단 손으로 말했다. 주방장은 자기 코를 가리키며 자기가 내 말을 완전히 이해했다고 했다. 그리고 내 인내심과 자제력을 칭찬했다. 한 종업원은 국수 면을 저으며 내 말을 바로잡아줬다. 내가 조금이란 뜻으로 춋토ちょっと라고 말하자 종업원은 일본어로 설명했다. "그 말은 문자 그대로 쓰지 않아요. 요청을 거절하거나 대답을 궁리할 때 쓰는 '글쎄요'나 '그건 좀……'이란 뜻에 더 가까워요." 그 말을 어떻게 쓰는지를 보면 외국인인지 아닌지 알 수 있다고도 했다. 주방장이 덧붙였다. "춋토는 어떤 측정 단위가 아니라 양해를 구하는 표현이에요."

그들은 실수투성이인 내 말을 경청하며 적절한 단어를 알려줬다. 나는 그들의 손짓을 연구했다. 이를테면 그들은 "아니"라고 말할 때 칼질하듯 손 모서리를 앞뒤로 흔들었다. 다음 날 주방장은 내가 카운터에 앉기도 전에 쇼유라멘을 내놨다. 그러곤 "오늘은 무슨 단어를 새로 배웠나요?"라고 물었다. 그렇게 3주가 흘렀다. 공부가 끝나면 바리스타가 내 잔을 가득 채우며 그렇게 물었다. 가방 가게 주인은 내가 더플백을 한참 쳐다보는 걸 보고 그걸 내게 거의 공짜로 줬다. 오카치마치역 쪽 길을 건널 때마다

그들은 마치 내가 자기네 이웃집 딸이라도 되는 양 "고상こうさん" 하고 부르며 손을 흔들었다. 내 일본어 실력은 일취월장했다. 소, 소, 소そう, そう, そう(네, 네, 네) 할 때마다 내 어조는 허리와 더불어 한껏 휘었다. 몸짓을 동원할 때 나 자신을 제외하곤 누구에게도 절대 손가락질하지 않도록 바짝 신경 썼다. 시나노마치 밖 커피숍, 시장, 공원, 사찰에서 나는 혼자였고, 느리지만 꾸준히 배웠으며, 살면서 처음으로 완전히 혼자는 아니라고 느꼈다.

내가 머무는 오카치마치역 앞 호텔에서 여섯 블록 떨어진 곳에 야외 의류 상가가 있었는데 록 공연을 위한 무대와 각종 할인점, 여러 줄의 치열처럼 열심히 움직이는 갈지자 모양 에스컬레이터가 갖춰진 곳이었다. 상가 중심엔 다코야키와 고기만두 가판대가 즐비하고, 종업원들이 쩌렁쩌렁한 목소리로 호객했다. 상가 바닥은 초록색으로 칠해져 있었다. 모두 일본 전통 가무극인 노가쿠能樂에라도 참여하듯 제 위치를 찾아갔다. 그들은 이 상점에서 저 상점으로 걸어가며, 허공을 가리키다가 이내 웃음을 터뜨렸다. 외국인들도 오갔지만 내가 아는 주방장과 바리스타와 상점 주인은 그들을 다르게 바라봤다. 그들을 이방인에게 확실한 경계를 긋는 명랑함과 예의 바름이란 가면을 쓰고 그들을 대했다. 마치 누가 아무도 모르게 안전하게 세팅해 놓은 식탁에 접시가 놓이는 소리처럼.

나와는 밤새도록 이야기했다. 그들은 내 옆에 앉아 대화 세례를 퍼부었다. 물 없이는 한 톨의 쌀도 밥이 되지 못한다. '태어나다'라는 뜻의 '우마레루うまれる'는 그들에게 배운 단어였다. 나는 미국에서 태어났다고 그들에게 말했다. 가게 주인은 내가 어느 나라에서 태어났든 자신은 내 엄격함과 외로움을 알아봤다고 털어놨다. 하지만 시나노마치의 학교 교사는 이렇게 설명했다. "그 사람들은 헷갈리는 거야. 네가 진짜 미국인인지 한국인인지. 네 외골수적인 면, 약간 처진 듯한 눈매와 살짝 올라간 코끝을 보고 네가 일본인이라고 여기는 거야. 게다가 너는 머리카락도 굵고, 쾌락을 위한 쾌락도 두려워하니까." 비록 나는 이 말을 확인할 수 없었지만 교사는 확신했다. 그렇지 않았다면 그들이 내게 관심을 기울이지 않았을 거라고. 만약 내가 따져 물었다면 그들은 내게 반문했을 것이다. "일본인이 되고 싶지 않다면 일본

에 왜 왔어요?"라고. 하지만 그들은 그런 말을 하지 않으려 조심했다. 나는 누구인가, 라는 질문을 내가 조금 더 미루어둘 수 있도록.

≋

나는 우리 엄마의 딸이었다. 자세히 봐야 알아챌 수 있는 미묘한 차이를 빼곤 얼굴이 똑같으니까. 물론 엄마의 입술이 더 도톰하고, 내 눈이 더 길지만 말이다. 엄마의 눈썹은 얼굴을 부드럽게 감싸고 있지만, 내 눈썹은 얼굴을 상자처럼 둘러싸고 있었다. 그래서 나는 엄마처럼 부드러운 모양으로 만들려고 눈썹 산을 다듬었다. 나는 엄마를 닮았고, 엄마는 자신의 엄마를 닮았다. 하지만 내가 엄마의 엄마를 닮았다고 말하는 사람은 아무도 없었다. 할머니가 돌아가시고 나서 엄마는 술에 빠져 지냈다. 당시 친구였던 아빠가 날마다 끌어내다시피 해 술집을 빠져나왔다. 그러던 어느 날 밤 어떤 남자가 엄마에게 무슨 말을 던졌다. 아빠는 그 자리에서 벌떡 일어나 그 남자와 육탄전을 벌이다가 남자가 맥주병을 깨 아빠의 목을 찌르는 바람에 거의 죽을 뻔했는데, 다행히 경정맥을 살짝 비켜나 간신히 목숨을 건질 수 있었다. 그때 그 남자는 두 명의 친구와 함께 있었다. 두 사람도 아빠를 때리는 데 가담했다. 엄마는 아빠를 구하려고 자기 오빠와 남동생에게 전화했다. 그날 이후 두 사람은 결혼식을 올렸다. 얼굴도 얼굴이지만 내 안에도 엄마에 대한 그런 사랑이 있기에 나는 아빠의 딸이었다.

≋

도쿄에 머문 지 한 달쯤 됐을 때 우에노공원을 산책하며 데이트를 했다. 나는 열일곱, 스쿠버다이빙 강사 도마는 서른셋이었다. 도마는 내가 수업을 듣는 학교에서 여행 안내원으로 일했고, 나는 내가 도쿄에서 경험한 일을 일본어로 발표할 준비를 하고 있었다. 183센티미터 가까이 되는 키에 안경을 쓴 도마는 메신저백을 들고 갈색 샌들을 신은 차림으로 내 옆을 성큼성큼 걸었다. 함께 신발 가게를 둘러보면서 나는 안 그래도 키가 큰 도마가 바다에서 기다란 스노클링용 오리발을 신은 모습을 그려봤다.

우리가 서로 말 한마디 나누지 않고 사무실이나 복도에서 마주친 게 열두 번쯤 되던 어느 날, 우리 교실 밖에서 도마가 기다리고 서 있는 모습을 보고 여학생들이 들썩였다. 도마는 사람들이 보는 앞에서 날 꾸짖었고 교실 안에 있던 여자애들은 질투에 찬 눈빛으로 우릴 지켜봤다. 도마는 내가 앞이 트인 슬리퍼를 신고 돌아다녀 발이 만신창이가 됐다며 제발 새 신을 사 신으라고 애원했다.

나는 신발 대신 공원 건너편에 있는 기념품 가게에서 구급상자를 샀다. 우리는 옛날식 선술집에서 같이 맥주와 초밥을 먹었다. 도마가 근방의 유명한 우에노동물원을 가리켰고, 나는 상의 아래로 얼핏 드러나는 그의 근육질 팔에 당황했다.

우리는 우에노동물원 옆에 있는 사찰에서 각자 소원을 적어 매달았다. 도마에게 내 이야기는 하나도 해준 기억이 없다. 우리는 그저 우리 주변 일들에서 받은 인상만 주거니 받거니 했다. 도마가 소리 내 읽은, 헤아릴 수 없이 많은 소망이 새겨진 나무 팻말이 바람에 일렁였다. 도마는 다른 무엇보다 지금 서있는 곳이 얼마나 뜻깊은 곳인지를 내게 이해시키느라 바빴다. 서로 바라볼 땐 도마의 시선이 내 얼굴 주위를 맴돌며 나를 피했다. 내가 고개를 돌리고 나서야 그가 나를 똑바로 보는 게 스치듯 보였다. 곁에 있으면서 도마는 점점 대담해졌다. 내게 바짝 붙어 걷다가 내가 무슨 말을 하려고 쳐다보면 곧장 뒤로 물러섰다. 긴장한 탓은 아니었다. 그보단 예의 때문이란 걸 나는 잘 알았다. 도마는 그런 조심스러운 태도로 자신이 신뢰할 만한 사람이란 걸 말없이 보여줬고, 이는 내게 우리가 함께 누워 있는 모습을 상상하게 했다. 나는 도마를 빤히 바라보다가 들키면 곧장 사과했다. 도마가 얼굴을 붉힌 걸 보면 내 사과도 그에게 비슷한 뜻으로 받아들여졌을 것이다.

하지만 내가 그에게 기울이는 관심과 그의 조용한 유혹에도 불구하고, 나는 전혀 도마와 함께 있지 않았다. 나는 아빠의 어머니인 우리 할머니와 함께 산책하고 있었다. 할머니가 어린 시절을 보낸 곳으로 묘사한 바로 그 길을. 부모님이 밀피타스에서 일하는 동안 할머니는 나를 무르팍에 앉혀 흔들며 속삭였더랬다. 언젠가는 자신이 일본 여자아이로 자랐던 동네와 동물원으로 돌아가고 싶다고.

"여길 떠나면 나중에 나 보러 다시 올 거니?" 도마가 폐장 표지판이 내걸린 동물원 입구를 바라봤다. 그리고 길 건너 연못에

핀 커다란 수련을 가리켰다. 도마는 한국인으로, 학교에서 일했는데도 한국 학생들과 어울리지도 않았고 한국어를 자유롭게 구사하지도 못했다. 도마는 내게 일본어로 물었다. "아님, 날 완전히 잊어버릴 거니?"

내가 웃자 도마는 손가락 두 개를 자기 가슴에 얹고 할아버지란 뜻의 오지상おじいさん이란 단어를 써서 말했다. "혹시 내가 너무 할아버지라고 생각해?"

나는 고개를 끄덕이며 같은 뜻의 한국어 단어를 써서 대답했다. "할아버지"라고. 그리고 일본어로 덧붙였다. "날 다신 못 보게 될까 봐 두려워요?"

"아주 놀리기 선수가 됐네. 그렇게 날 놀리는 거 보니 일본어 실력이 제법 늘었나 보다. 이제 여기가 편하지, 안 그래?"

도마는 같이 길을 걷다 말고 갑자기 멈추더니 내 발을 내려다봤다.

"피가 나네." 도마가 나무랐다. "그러게, 신 좀 새로 사 신으라니까."

"자세히 들여다보지 않는 이상 아무도 모르니까 괜찮아요."

"너한테 필요한 건데도?" 내게 필요한 것을 절대 사지 않으려

하는 건 그로서는 도무지 이해할 수 없는 일이었다. "지금 주변 사람들이 널 걱정하게 만들고 있잖아. 남 생각은 아예 안 하는 거야?"

"뭐가요? 난 아무것도 필요하지 않아요."

"넌 신발이 필요하지. 운동화 말이야."

"정말 난처하게 하시네요."

"왜냐하면 이건 비합리적인 행동이니까. 그렇게 생각하지 않아? 넌 다르다고 생각했는데. 이해를 못 하겠어. 고집부리는 게 전형적인 한국인 같아. 바로 저 길가에 신발 가게가 있잖아. 방금만 해도 한 열두 군데는 지나왔는데."

"난 괜찮아요. 대체 내 신발이 뭐가 문제예요?"

"널 아프게 하잖아." 도마는 물러서지 않았다. "제발 좀 벗어 던지라고—"

"싫어요." 나는 성큼성큼 그를 앞질러 걸어갔다.

도마가 좇아왔다. "발이 떨어져 나가면 어쩔 거야?" 다그쳐 물었다. "차를 몰고 가다 바퀴가 떨어져 나가면 어쩔 거냐고!"

나는 역 쪽으로 걸었다. 문득 오늘 치 단어를 외우지 않았단 사실이 떠올랐다. 오카치마치 호텔에서 사전이 날 기다리고 있었다.

≋

데이비스에서 어느 날 스무 살의 오빠와 열여섯 살의 나는 또 차에서 싸우고 있었다. 집으로 돌아가는 기나긴 고속도로에서였다. 오빠는 내 말을 더 잘 들으려는지 라디오를 껐다. 그리고 내게 다시 한번 말해보라 했다.

"난 오빠가 죽도록 싫어."

오빠는 머리에서 딸깍 주판알 튕기는 소리를 내더니 마침내 모든 게 이해됐단 듯 창문을 내렸다. "네가 왜 여기 있는지 알고 싶어? 그건 그분들이 더 나은 삶을 원해서였어."

오빠는 차의 속도를 올렸고, 나는 곧장 손을 뻗어 문손잡이를 꽉 잡았다.

오빠가 물었다. "우리가 지금 당장 죽어버려도 신경들이나 쓸 것 같아?" 오빠는 점점 속력을 냈고 말은 점점 느려졌다. "나도 지쳤어." 오빠는 뭔가를 작심이라도 한 양 차를 몰기 시작했고, 나는 한낱 그의 동승자일 뿐이었다. "살고 싶은지 아닌지 네가 말해."

오빠는 내가 자신의 무모한 행동을 막아주길 바라고 그런 말을 했던 건지도 모른다. 하지만 나는 아무도, 아무 일도 막지 않았다.

오빠와 나는 무사히 집으로 돌아왔다. 말없이, 멀쩡한 몸으로. 우리가 살고 싶어 해서가 아니라 내가 아무 대답도 하지 않은 까닭이었다. 나는 창문을 열고 집 안을 환기했다. 오빠는 진공청소기를 꺼내 가구를 들어 올리고 의자를 옮겨가며 청소했다. 카펫엔 단정한 줄이 가지런히 남아 있었다. 청소는 집안일이 아니라 속죄의 행위였다. 아침이 오자 우리는 꾸역꾸역 오빠의 차에 몸을 밀어 넣고 학교로 향했다.

≋

도마는 언제나처럼 나와 함께 오카치마치역에 내렸다.

"아마 그 반대인지도 모르지." 도마가 말했다. "나야말로 너한테 필요 없는 사람인 거야."

"난 다시 보고 싶어요." 난 도마가 날 아낀다는 걸 알았다.

도마가 싱긋 웃었다. "계속 연습할 거라고 약속해. 일본어를 잊어버리면 나와 이곳마저 싹 잊어버릴 테니. 언어를 잊으면 기억도 같이 사라지는 거니까."

혹시 유부남이 아니냐는 내 농담에 도마가 웃었다.

"괜히 질투하는 척하지 마." 도마가 경고했다. "가슴 설레게."

그가 손을 흔들며 작별 인사를 했다. 팔꿈치가 허공에 걸린 채 아래팔만 앞뒤로 까딱일 뿐 손가락은 딱 붙인 채였다. 도마가 흔들고 있는 건 뻣뻣한 손이 아니라 텅 빈 페이지였고, 이런 몸짓엔 아무 의미도 없다는 걸 나는 알았다.

≋

도쿄에서 보내는 마지막 주에 학교는 도시 밖으로 떠나는 료칸旅館 여행을 주선했다.

우리 80여 명의 학생은 남녀로 나뉘어 빽빽한 대나무 숲으로 공간을 분리해놓은 야외 온센溫泉에 입장했다. 우리는 머리에 두른 수건 외엔 아무것도 걸치지 않고, 삐져나온 머리카락을 수건 밑으로 욱여넣으며 욕장으로 들어갔다. 온천물이 철철 흘러

내리는 실내 목욕탕도 있었다. 탕 바로 위에서 폭포처럼 물이 떨어지는 게 창문 너머로 보였다. 바깥을 둘러보고 있는데 어디선가 개구리 한 마리가 내 바로 옆 돌 위로 폴짝 내려와 앉았다가 이내 다시 숲속으로 사라졌다. 나는 학교에서 할 발표에 대해 생각했다. 여전히 뭔가를 놓치고 있는 듯한 기분이 들었다. 우리는 상이 주르륵 놓인 큰 다다미방에서 다른 무리와 다시 합류해, 유카타 차림으로 서로 고개 숙여 인사했다. 다들 빰에서 광채가 났다.

한 상에 남자 넷, 여자 넷이 같이 앉았고, 일본어로만 이야기를 나눴다. 우리는 방 끝자락에 대기하던 열두 명의 종업원이 하나씩 내오는 일본식 코스 요리 가이세키会席와 식기에 대해 찬탄의 말을 늘어놨다. 돌 불판 여든 개가 얇게 저민 갈비를 담은 접시와 함께 주방에서 도착했다. 달큼한 간장 양념 냄새가 온 복도와 주변 방을 가득 채웠다. 사케를 한 잔씩 하고 나서부터는 남자든 여자든 서로 한국어로 대화하기 시작했다. 모두 20대 후반에서 30대 초반의 제법 나이가 있는 학생이었다. 학교에서 만나 일본어를 배우며 친구가 된 사이였다. 한 여학생이 웃으며 여기서 공부하는 게 집에서 결혼하란 압박을 받는 것보다 낫다고

했다. 한 남학생은 미용사로 일하기엔 일본 시장이 더 나아서 왔다고 했다. 내가 한국어로 대답하자 모두 화들짝 놀랐다. "나는 고상의 '고'가 아이란 뜻의 고도모こども의 준말일 줄 알았어요. 하지만 고高는 당연히 한국 성이죠!" 남학생은 이렇게 말하더니 손뼉을 짝 쳤다. "선생들이랑 아주 가까운 것 같던데, 그래도 고상은 우리 쪽에 속하죠." 그들은 내게 뭔가를 보여주고 싶어 했고, 우리가 단합이 잘되는 아주 특별한 그룹이라고도 했다. 그들은 우리가 서로를 알아봤다고 했고, 나는 그게 사실이라고 느끼기 시작했다.

우리는 료칸 안의 예약한 방으로 자리를 옮겼다. 천장이 낮고 바닥 조명을 갖춘 다다미 열두 장 길이의 널찍한 방이었다. 가운데 바닥이 단처럼 높게 올라와 있고, 한쪽 구석은 일본 전통 꽃꽂이 방식인 이케바나 기법으로 꾸민 식물로 장식되어 있었다. 우리는 허공으로 팔을 뻗고 눈은 꽃, 다리는 줄기인 척 식물 흉내를 내다가 다시 우리 자신으로 돌아와 주저앉았다. 그리고 일본 사케와 한국 소주, 중국 바이주白酒를 번갈아 가며 마셨다. 바이주가 제일 셌다. 비록 맛이 섬세하지도 흥취를 돋우지도 않고 독하기만 했지만. 우리는 꼭 등유 냄새 같은 술 내음에 취해 입도 가리지 않고 깔깔 웃었다. 한 사람씩 자기 이름을 말해줬다. 남자는 재우, 강민, 문식, 병호, 여자는 윤희, 세진, 민정이었다. 그들은 서열을 정하고자 내게 나이와 생일을 물었다.

"바이주는 어떤 문제도 해결해 주지." 몸집이 가장 작은 병호가 한국어로 말하며 천천히 자기 술을 홀짝였다. "이게 이 지구상의 모든 외교의 열쇠라 할 수 있어. 안 그래?"

민정이 모두에게 물을 따라주며 말했다. "고작 한국인 몇 명이 모였을 뿐인데, 무슨 외교씩이나 들먹여? 분명한 건 우리가 감사해야 한단 거야. 한국인인 우리가 일본 료칸에서 이렇게 술을 마시며 웃고 떠들 수 있단 사실에."

"아, 분위기 좀 망치지 마." 병호가 말했다. "꼭 우리 엄마, 아빠, 할머니, 할아버지처럼 말하네. 지난 세월이 얼만데. 여기 있는 동안 일본인이 우리가 밉다고 말하는 거 본 적 있어? 가네다상도 선생들도 다 오히려 우리가 자기들을 미워할까 봐 안달이지. 아키하바라에 사는 일본인 친구도 요전 날 나한테 똑같은 말을 했다고."

재우가 웃었다. "민정아, 쟤 말은 신경 쓰지 마. 병호는 그냥 일본 여자애들이 한국 남자애들을 좋아한단 말을 하는 거야. 자기가 이렇게 관심받아 본 게 생전 처음이라서."

병호가 요란하게 몸짓했다. "내가 여기서 살고 싶은 건 내 잘못이 아니야. 재네들은 내가 한국 드라마 주인공처럼 생겼다고 생각해. 내가 일편단심이 될 수 없단 걸 좋아한다고!"

재우가 병호의 머리를 탁 치자 병호는 과장된 몸짓으로 단 뒤로 훌러덩 고꾸라져 모두 박장대소케 했다. 잠시 후 제자리로 돌아온 병호는 자기 잔에 술을 채웠다.

나는 성냥을 그어 료칸 앞 자판기에서 산 담뱃갑에서 꺼낸 담배에 불을 붙였다. 우리는 상 위에 놓인 재떨이를 함께 썼다.

그들은 내게 영어로 뭐든 말해보라고 했다. 다들 한국 학교에서 배워 이미 영어를 할 줄 알았다. 내가 회화를 시작했다. "안녕? 잘들 지내고 있어? 여기 일본에서 지내는 건 어때?"

재우가 병호의 높은 목소리를 흉내 내며 영어로 대답했다. "한국 여자애들은 날 안 좋아해. 나랑 결혼하고 싶어 하지 않아. 대체 내가 어떡하면 좋을지 조언 좀 해줄래?"

"나도 재 싫어." 민정이 영어로 말하며 두 사람을 모두 가리켰다. "둘 다 마음에 안 들어. 난 제임스 본드 같은 신사적인 한국인이 좋아."

“잘한다!” 우리 중 가장 나이 많은 윤희가 엄지를 번쩍 치켜들었다.

우리는 몸짓도 사용하긴 했지만 다른 한국인들과 영어로 소통한다는 사실, 그것도 일본에서 그러고 있다는 게 너무 신기했다. 다른 방식으로 만났어도 우리가 이렇게 즐거울 수 있었을까? 담뱃재가 쌓여갔고, 나는 내 생에 이번 딱 한 번 등장할 뿐일 사람들과 더불어 신나게 웃었다. 그들도 다른 사람들처럼 떠날 테고, 그들의 얼굴은 다시 낯설어질 것이다. 고독은 내 삶의 일부였지만, 그 순간만큼은 웃음으로 잊을 수 있을 것 같았다.

윤희는 다시 한국어로 내게 말했다. “아, 내가 열일곱이면 너처럼 전 세계를 돌아다닐 텐데. 여행기를 써서 책도 내고 말야.”

“이래서 노땅과 젊은것을 한방에 두면 안 돼.” 병호가 말했다.

민정이 병호에게 쏘아붙였다. “본인 키 걱정이나 하셔!”

“난 질투하는 게 아니야.” 윤희가 자기변호를 했다. “그냥 결혼하고 싶지 않다는 얘기야. 남편은 생판 남에, 아이들은 짐이고, 집은 엉망진창이 될 테니까.”

민정이 말했다. “울 엄마 딸로 사는 것보다도 더 힘든 일이 있을까.”

세진이 민정의 빈 잔을 다시 채웠고, 윤희는 쓰러질 듯 구부정한 자세로 앉아 있었다.

"우리 오빠가 고등학생 때 우리 엄마가 어떻게 했는지 알아? '혹시 비가 오면 엄마가 차 가지고 데리러 갈 테니 절대 그냥 오지 마. 그러다 감기라도 걸리면 큰일이니까.'" 민정은 자기 엄마 목소리를 흉내 내더니 단숨에 잔을 비웠다. 그리고 셔츠에 묻은 소주 방울을 털어냈다. "나만 보면 다른 엄마들이 얼마나 자기 사위 자랑을 해대는지 아느냐며 투덜거려. 나는 대체 언제쯤 엄마한테 자랑거리를 만들어줄 수 있을지!"

병호가 이어받아 자신을 가리켰다. "나도 내가 얼마나 형편없는지 놈인지 알아. 그렇지만 우리 엄마조차 아마 네가 나한테 모자란 사람이라고 할걸!" 병호는 손부채질을 했다. "부모들은 다 그런 거 아냐? 너무 그럴 필요 없어, 민정아. 엄마가 더 나이 드실 때까지 기다려 봐. 그때 누구를 더 찾으실지. 젊은 아내한테 푹 빠진 아들일지, 아니면 평소 무시했던 독신 딸일지. 누가 당신을 받아줄지 한번 보시라 해."

민정이 얼굴을 찡그렸다. "난 엄마가 더 일찍 깨달으면 좋겠다고."

윤희가 약지로 날 가리켰다. "미국인들은 자기 부모를 양로원에 보내지 않아?" 그러더니 풀썩 바닥에 널브러졌다. "끝내주게 좋은 생각이야!"

재우가 갑자기 한쪽 무릎을 꿇더니 내게 한국어로 "나랑 결혼해 줄래?"라고 청혼했다. 그러면서 지금 당장 약혼하지 않으면 나도 윤희처럼 되거나 민정처럼 서러워질지도 모른다고 했다. 며칠 후 재우는 내게 또다시 청혼했다. 말끔히 이발하고 나타나더니 자기가 아키하바라에서 가장 좋아하는 이탈리아 식당으로 나를 데려갔다. 하지만 그때 료칸에선 이마에 두르고 있던 반다나가 흘러내려 목에 걸쳐져 있고, 긴 머리카락이 어깨까지 내려와 있었다. 게다가 좁고 반짝이는 그의 눈은 자기를 의심할 테면 한번 해보라고 부추기고 있었다. 나머지 사람들이 웃음을 멈췄다. 재우는 자기는 이미 서른이고, 함께 파리로 가면 자기가 거기서 미용실을 열 테니, 같이 마음 가는 대로 자유롭게 이곳저곳을 돌아다니며 살 수 있을 거라 했다. 만약 내가 이대로 미국으로 돌아간다면 나는 그를, 그리고 우리가 실현할 수도 있었을 삶을 생각하며 후회만 하게 될 거라고도 했다.

나는 담배를 더 사 오려고 휘청휘청 방을 나와 복도에서 엘리베이터를 찾았다. 술이 가득 담긴 채로 남겨두고 온 내 술잔을 보고 병호가 빈정거렸다. 그러다 장난기가 발동했는지 그 앙상한 다리로 나를 쫓아 허둥지둥 복도를 달려왔다. 아무도 술자리를 벗어나지 못하게 하려던 병호를 방 안의 누군가가 부추겼을 것이다. 연장자 앞에서 지켜야 할 술자리 예절을 잘 모른다는 식으로.

복도에서 병호는 내 손을 잡더니 다시 방으로 끌고 가려 했다. 나는 그가 장난을 치고 있다는 걸 알았다. 내 손목을 붙잡는 손길에서 분명하게 느낄 수 있었다. 세게 잡지도 않았고, 설령 세게 잡았다고 해도 절대 그럴 의도는 아니었을 것이다. 그저 취기에 벌이는 무해한 장난일 뿐이었다.

하지만 스쿠버다이빙 강사 도마가 막 엘리베이터에서 내렸을 때 그에겐, 병호가 나한테 달려드는 모습이 전혀 다르게 보였다. 도마는 얼굴이 굳어지며 주먹을 불끈 쥐었다. 화가 잔뜩 치밀어 오른 모습이었다. 병호가 억지로 내 손을 잡으려 들면서 다른 언어로, 그것도 료칸에서 소리치는 행동의 맥락을 도마가 제대로 알 리 없었다. 병호를 노려보는 도마의 얼굴은 확신에 차 있었고, 병호는 그게 몰고 올 파장을 짐작도 하지 못했다. 병호에게 도마는 그냥 일본인 강사였다. 도마가 내 팔을 낚아채 나를 자신에게서 떨어뜨려 놓자 병호는 당황한 듯이 보였다. 이 일본인 강사가 왜 갑자기 예의를 잃은 건지 이해할 수 없다는 듯한 표정이었다. 도마는 너무 화가 난 나머지 내 설명도 귀에 들어오지 않는 것 같았다.

병호는 도마가 나를 아는지, 우리가 서로 안면이 있는 사이인지를 미처 깨닫지 못했다. 일본인 강사가 내 팔을 붙잡고 있는 모습을 보곤 병호가 도마에게 마구 소리 지르며 그를 뒤로 밀쳤다. 이번엔 병호가 나를 도마에게서 빼내려고 다시 붙잡으려 하자 도마는 그를 벽으로 밀어붙였다. 병호의 얼굴이 빨개졌고, 도마의 얼굴은 영영 그렇게 찡그린 채로 있을 것처럼 구겨졌다.

바로 직전까지만 해도 술 파티를 벌이며 평화로운 밤을 보내고 있던 우리였다. 그런데 지금은 도마와 병호가 일본어로 서로 악다구니를 써대고 있었다. 다른 강사 넷이 와서 병호와 도마를 떼어놨다. 병호가 한국어로 뭐라 중얼거렸다. 도마가 자기 말을 알아들을지 모르고 내뱉은 말이겠지만, 틀림없이 모진 말이었을 것이다.

윤희, 세진, 민정이 복도로 달려 나와 내게 어서 안전한 곳으로 피하라고 재촉했다. 그들은 나를 엘리베이터 안으로 밀어 넣곤 아무 버튼이나 눌렀다. 그들에겐 일단 그 자리를 피하는 게 급선무였다. "어서 눌러. 빨리!" 겁에 질려 휘둥그레진 눈들이 흰자위를 한껏 드러내고 있었다. 그들은 두 사람이 바락바락 외쳐 대는 소리만 듣고 경찰이 들이닥칠지 모른다고 겁을 집어먹은 거였다. 엘리베이터 문은 금방 닫히지 않았다. 재우, 강민, 문식이 복도로 나와 병호를 도마의 손아귀에서 간신히 빼냈다. 여자들은 필사적으로 나를 끌어당겨 감쌌다.

갑자기 도마가 팔을, 데이트를 마치고 부드럽게 흔들던 그 팔을 휙 돌려 병호의 턱을 쳤고 뒤이어 퍽 하는 끔찍한 소리가 들렸다. 나머지 사람들은 아우성치며 비바람에 무너져 내린 집처럼 서로 기댔다가 다시 일어섰다. 뒤엉킨 팔들이 자유를 찾아 머리 위로 불쑥불쑥 올라왔고, 모두 죽기 살기로 서로에게 달려들었다. 그러다 뼈가 뚝 부러지는 소리와 함께 병호의 목이 휙 돌아가는 모습이 보였고, 좁은 복도엔 비명이 쩌렁쩌렁 울려 퍼졌다. 그제야 나는 진짜로 두려움을 느꼈다. 마침내 엘리베이터 문이 닫혔고, 그와 더불어 모든 소리와 시야가 차단됐다.

여자들이 믿기지 않는 듯한 얼굴로, 그다음엔 엄숙한 얼굴로 나를 둘러쌌다. "아직은 방심할 수 없어." 윤희가 말했다. 우리가 다른 층에 내리는 동안 윤희가 강민에게 전화를 걸었다. 강민은 병호가 쓰러질 때 그를 붙잡은 사람이었다. 수화기 너머로 고함이 들렸고, 강민은 전화를 끊었다. 세진이 우리를 복도 끝 자기 방으로 데려갔다.

이 방도 다른 방과 똑같았다. 윤희는 다시 통화를 시도했지만, 아무도 전화를 받지 않았다. 똑같이 주어진 상황에서 우리는 다르게 행동할 수도 있었을 것이다. 하지만 일본에선 그냥 바깥소식을 기다리고 있을 수밖에 없었다. 아무 말도 하지 않고 있던 민정이 밖에 경찰이 있는지 물었다. 혹시 구급차가 왔는지도 궁금해했다. "우리를 취조하지 않을까? 구치소에 가두면 어떡해? 이 나라에서 감옥에 갇히면 누가 우릴 빼내주냐고." 민정이 고개를 저었다. "경찰은 대상에 따라 법을 다르게 적용해. 여긴 우리 같은 사람들한텐 위험한 곳이야. 너희와 나 같은 사람들에겐 다른 언어를 쓴다고."

세진이 한 사람 한 사람에게 물을 따라 건넸다. 윤희가 또 한 번 통화를 시도하는데 민정이 소리쳤다. "서로 위로 좀 그만해. 우리 정말 큰일 난 거야. 쟤들이 옛날에 우리 같은 여자애들한테 어떻게 했는지 알아? 우리나라도 아닌데 당장 우릴 죽여버린들 누가 신경이나 쓰겠어." 나는 야외 상가를 떠올렸다. 지금쯤 가게 주인과 주방장, 바리스타는 문을 닫고 있을 것이다. 그 챙 모자 여자는 우릴 찾고 있을 테고.

윤희가 상에 전화기를 올려놨다. 세진이 우는 와중에 민정은 턱이 뚝 부러지는 소리를 떠올렸다. "죽진 않았겠지? 응? 그럴 리는 없지만, 그래도 우리 탓을 하지 않을까? 하고많은 데 중에 한국인이 여기서, 하, 게다가 우린 여자잖아. 아주 제대로 걸린 거야!"

민정이 주위를 둘러보더니 마음을 바꿔 세진을 달랬다. "지레 울고불고할 필요 없어. 다 우리 상상일 뿐이야. 아침이 되면 전부 말짱해져 있을 거야."

세진이 따라놓은 물을 마시는 사람은 세진뿐이었다. 전화가 울렸고, 윤희는 병호와 그 강사가 도쿄로 돌아갔다는 소식을 전해 들었다. 두 사람은 학교에서 쫓겨날 거라 했다. 딱 1분 정도 침묵이 흘렀다. 잠자코 있던 세진이 자기 머리카락을 막 흐트러뜨리더니 내 눈을 똑바로 봤다. "무슨 일이 있었는지 말해봐." 세진은 낮은 목소리로 내게 말했다. "그 모든 일이 일어났을 때 네가 복도에 있었잖아." 다른 이들도 의혹의 눈초리로 나를 빤히 쳐다봤다. 민정은 문 앞을 가로막고 팔짱을 꼈다. 세진은 자기들 친구를 폭행하고 한국어와 일본어로 막말을 외쳐 댄 그 미치광이 강사, 명백한 역적이 내 이름을 부르고 또 불렀다는 사실을 떠올렸다.

≋

마지막 날엔 학교에서 일본어로 발표하는 시간을 가졌다. 나는 지하철을 타고 다닌 경험을 이야기했던 기억이 떠오른다. 차량 문이 열리면 역사 내 도우미가 우릴 안으로 거칠게 떠밀었다. 그렇게 모르는 사람들끼리 꽉 낀 채로 각자 목적지까지 갔다. 문이 열릴 때까지 아무도 더 나은 자리로 이동하거나 자기 자리를 벗어날 엄두를 내지 못했다. 그 상태가 연습처럼 반복됐다. 문이 열렸다 닫히고 또 열렸다 닫히면서. 헤어질 땐 망설임이 없어야 하듯 어쩔 수 없이 함께 있어야 할 때도 저항하지 말아야 한다. 담당 선생님이 밖에서 날 기다리고 있었다. "네 말이 맞아. 근데 이제 또 누구랑 일본어로 대화하겠니. 너무 외로울 것 같지 않아?" 선생님이 흐느끼며 말했다. "너는 탐색자가 될 거야. 어디든 가는 곳마다 두리번거릴 테지. 네 허기가 네가 잃어버린 것이 뭔지를 가르쳐줄 거야."

5

땅 위의 주름

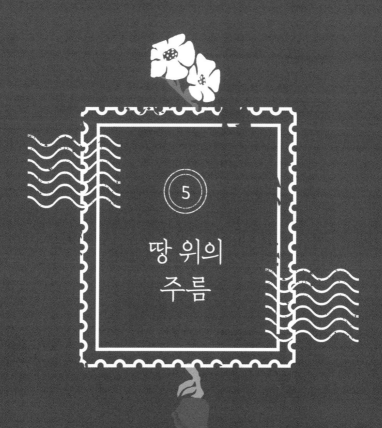

사랑하는 내딸 보아라.

안녕?
아빠 웃기지?
엄마가 "우리딸 너무 예쁘지?" 그러면 아빠가
"당신 딸이라 그렇지 뭐" 이랬거든.
그런데 이번에 보고 오시더니 너무 너무 걱정이신거야.
우리 은지 정말 너무 예뻐지는거 아냐?
엄마도 걱정이다.
예쁜건 하느님이 주신 'gift' 이고
올바르고 성실하고 능력있고 좋은사람이 되는건
자기 노력 (effort) 인데 그럴수록 modesty (겸손)하고
humble 해야 되거든.
엄마가 무슨 말 하는지 알지?
그래, 예쁜거 내세우지 말고 실력을 쌓으란 얘기지.
다행히. 미국에서 큰 애들은 잘난척을 안한다는거지.
엄마가 한국에 오래 살다보니. 그런 생각이 든다.
좁은땅에서 자기들끼리 경쟁 (competition) 하느라
이리 치고 저리치고 난리잖아.
나를 내세우고 자기 PR (propaganda)을
해야만 알아주는 사회가 됐거든.
미국에 사는 사람들이 조금더 너그러운것 같애.
땅이 커서 그런가?
모두 모두 조용히 자기 할일을 하면서 열심히
살아가고 있잖아. 그치?
한국도 좋은 점은 있어.
모두에게 서로 관심 갖어 주고, 정도 많고,
가족. 친구. 이웃 모두 가깝게 지내잖아.

이런 큰 명절 (새해. 추석. 크리스마스 등) 에는
엄마 아빠도 외롭다.
은지하고 창현이가 없어서.
너희들도 그렇지?
다행이 내 새끼들이 훌륭하게 자라 주어서
더욱 기쁘고 행복하지만 가끔은 아니, 아주 자주
너희들이 너무 보고싶구나.
이제 한 달 남았지?
그날을 기다리며 열심히 살아야지.
오빠도 기특하다.
회사에 다니면 좋은 경험이 될거야.
사실 창현이는 이제 어른이잖아.
우리 은지는 아직 애기! (후후 약오르지?)

이 그림 보고 삐지지마!
얘 이름이 '아기 양 리사'래.
이름은 엄마랑 같은데 은지 닮았지?
그냥 보고 그린거야.
흉보면 안돼.
노래 연습 많이 한다구?
노래를 많이 부르면 lungs 에도 좋대.
건강하게 오래 살구.
엄마 미국에 가면 노래도 많이 부르자.
내일은 나가서 노래방 C.D 알아볼께.
꼭 구했으면 좋겠는데, 만약 못구하면
내년에 미국에 돌아갈때 새 가라오께 기계
사가지고 가야겠다. 은지가 집에 올때마다
노래 부를수 있게 말야.
잘 지내고 다음 편지에서 또 만나자. 안녕.

mom
1/31/06

서니힐에서 나를 돌봐준 아빠의 어머니인 우리 할머니는 '강'이라는 한국 성만 쓰고 이름은 절대 쓰지 않았다. 할머니는 나를 라이언마켓에 데려가 2단으로 놓인 보라색 어항에 침전물이 쌓이는 모습을 구경시켜 줬다. 그런 다음 우리는 양철 지붕이 있는 주차장을 가로질러 우리 집 문간 그늘로 돌아왔다. 늦은 밤이면 엄마가 그리로 나타나 말했다. "엄마가 너를 끌어안고 뽀뽀하면 할머니 기분이 어떠시겠니?" 오직 엄마만이 제 아이를 밀어낼 수 있다. 낮에 할머니는 긴 치마를 국수 타래처럼 말아 올리고 우나기돈(장어덮밥)을 접이식 상에 차려냈다. 나는 할머니가 가죽 모카신을 신고 자두나무 아래를 걷는 소리를 들었다. 할머니는 자수가 놓인 조끼를 입었고, 관절염 때문에 내가 손목과 등에 붙여드린 파스에선 장뇌 향이 풍겼다. 우리는 다른 할머니들에게 유부초밥 도시락을 배달했다. 할머니는 이 모습 외에 다른 모습이었던 적이 없다. 나중에 자기 이름을 말해줄 때까진 젊은 여성도 어린 소녀도 아니었다.

어느 날 할머니가 야오한플라자의 초밥 매장에서 포장 일을 하는 여자들과 생경한 말로 대화하는 소리를 들었다. 다른 할머니들이나 가족과는 이런 식으로 말한 적이 한 번도 없었다. 할머니는 놀랍다는 손짓을 했고, 포장 일을 하는 여자들은 흥미롭단 듯이 고개를 끄덕였다. 대화는 처음엔 매혹적이다가 점점 호소하고 시시덕거리다 파안대소하는 식으로 이어졌다. 하지만 할머니는 내게 일본어를 가르쳐주려 하지 않았다. 우사기(토끼) 같은 단어를 내가 알아듣고 말하면 걱정 어린 얼굴을 했다. 문제가 많은 데다 내 생존이 달린 언어인 영어부터 제대로 하게 하려는 보호본능이 앞선 탓이었다. 그런 고집 뒤에는 일본어로 말하지 못했던 수많은 나날 때문에 느낀 아쉬움이나 외로움이 숨어 있었을 것이다. 할머니의 말소리는 내게 거의 상상처럼 느껴졌다. 엄마가 너무 지쳐 우리를 야오한플라자에 데려가지 못하는 그런 일요일 아침은 늘 그랬다.

≋

나의 할머니 구미코는 1923년 신주쿠에서 일본인으로 태어났다. 도쿄를 잿더미로 만든 관동대지진이 일어난 해였다. 그날 오후 요코하마와 가와사키엔 한국인이 우물에 독을 푼다느니 재물을 약탈한다느니 한군데 다 집결한다느니 하는 거짓 소문이 나기 시작했고, 그 소문은 홋카이도 최북단 섬으로까지 퍼져 나갔다. 그해는 관동대학살이 일어난 해이기도 했다. 칼과 죽창으로 무장한 일본인 무리가 6000명의 한국인을 살해했다. 아이들의 목이 칼날에 베여 나갔고, 부모들은 꽁꽁 묶인 채로 고문당했다. 시체가 죽은 물고기 떼처럼 쌓였다. 일본인인지 확인하고자 그들은 생존자에게 한국인이 발음하기 어려워하는 돈의 금액을 말하게 했다. "15엔, 50센" 쥬고엔 고쥿센じゅうごえんごじゅっせん.

한국인의 발음으로는 주고엔 고추센.

"15엔, 50센."

"15에—"

"15엔, 50센." 구미코의 아버지가 재빨리 말했다.

구미코의 어머니는 태어난 지 2주 된 딸을 안고 말했다. "15엔, 50센."

10년 뒤 구미코의 가족은 구미코를 학교에 보내려고 동쪽으로 11킬로미터 남짓 떨어진 우에노로 이사했다. 그곳에서 구미코는 아무것도 요구하지 않았다. 구미코는 흰 벚꽃 커튼 사이를, 우에노동물원으로 이어지는 나무다리 위를 깡충깡충 뛰어다녔다. 동물원엔 전 세계에서 데려온 이국적인 동물이 많았다. 너무도 멋진 표범, 길고 긴 뱀, 한 무리의 곰과 코끼리. 구미코가 열아홉 살 때였다. 당국은 공습 시 야생동물이 탈출할 우려를 불식하고 동물들을 먹여 살리는 데 드는 물자를 절약하고자 그것들을 모조리 독살하거나 굶겨 죽이라고 명령했다. 공습 훈련 날짜와 안락사한 동물의 숫자가 줄줄이 나열된 공고문이 여기저기 나붙었고, 그제야 전쟁이 벌어지고 있음을 모두가 실감했다. 구미코와 그의 친구들은 처음으로 두려움을 느꼈다.

어느 날 구미코의 방을 찾은 부모님은 희미한 불빛 속에서 구미코가 한국인이라고 털어놨다. 나라가 일본에 강제로 병합되면서 그들은 제주도를 떠나야 했다. 언어가 바뀌었고, 이름은 오래전에 말소됐으며, 일본의 예절을 익혀야 했다. 겉보기엔 교육자인 그들은 그때까지 아무 이야기도 하지 않았고, 구미코 역시 의심은 했을지언정 그걸 입 밖에 내진 않았다. 이렇게 정체를 숨기고 사는 것의 문제는 죽임을 당하기 전에 발각되거나, 발각되기 전에 죽임을 당한다는 점이다. 죽음은 누군가의 정체를 영영 숨겨주니까.

구미코는 학창 시절의 추억을 안고 부모님을 따라 우에노를 떠났다. 몇 년 전 어느 아침, 구미코는 학급 친구들이 미리 자기 자리에 앉아 책상 위에 얌전히 팔을 얹고 있는 모습을 그림자로 봤다. 선생님이 주름치마 차림의 구미코 뒤에서 그의 눈을 감싸고 있던 손을 뗐다. 구미코는 눈부심이 가라앉을 때까지 잠깐 기다렸다. 이윽고 밝은 실내에 적응하고 나니 커다란 창들이 보이고, 좌우로 출렁이는 블라인드에 햇살이 어른거려 흡사 교실이 춤을 추는 것만 같았다. 교실의 창문에는 초록 종이가 주렁주렁 걸려 있고, 거기엔 새 케이크, 행복한 삶, 가족의 번성, 마법의 주문, 성게 그림,[•] 노래 가사 따위의 생일 덕담이 잔뜩 적혀 있었다. 자신의 역사를 알게 된 뒤에도 구미코는 언제까지나 우에노에 속한 사람일 것이었다. 적어도 소중한 추억을 따로 보관해 두는 사적인 공간에서는.

제주도는 구미코가 아는 가장 사적이지 않은 곳이었다. 돌, 바람, 여자가 많은 섬. 수백 년 전부터 해녀가 이끌어온 모계 중심 사회라 했다. 집에서 만든 잠수복을 입고 칼을 찬 해녀들은 검은 파도 30미터 아래로 잠수했다. 일단 내려가면 구조도, 돌아오란 부름도 닿지 못했다. 3분 동안 해녀는 인간을 넘어선 존재였다. 단단한 근육질 몸으로 기실 바다 밑에서 살았다. 창백한 다리로 물을 걷어차면 하나로 질끈 묶은 머리카락이 머리에서 지느러미처럼 흔들리다가, 섬사람들이 팔고 바꾸고 요리할 전복, 소라, 문어, 굴, 성게 등을 한 아름 채집해 물 위로 올라왔다. 세포 속에 공기를 머금는 능력과 유연한 움직임, 섬세한 방향감각, 거친 물결에도 깜빡이지 않는 눈, 차가운 물속에서 견디게

• 일본에서 성게는 풍요와 자연스러운 아름다움, 강한 회복력과 적응력 등을 상징한다.

해주는 부드러운 지방, 잠수에 적합한 심장으로 칭송받는 해녀는 물 위로 솟아올라 태양의 황금빛 숄 아래 신처럼 등장했다. 해녀는 잠수할 여자아이를 제 품에 안겨줄 남자와 결혼했다.

구미코는 자기가 어떻게 그들과 어울릴 수 있을까 싶었다. 마지막으로 숨을 참은 게 언제였던가? 화산암을 밟을 때마다 발가락이 잔뜩 벌어졌다. 열한 살짜리 여자아이들이 얼음처럼 차가운 물에 몸을 담갔다. 남자들은 넓은 어깨에 탄탄한 근육질 몸의 아내와 딸에게 식사를 양보한 탓에 안색이 꼭 삶은 닭고기처럼 해쓱했다. 여자아이들은 흙길에 모여들어 서로 경쟁하듯 산호초로 향했다. 그들이 허리에 둘러 묶은 윗도리, 뒤로 늘어뜨린 검은 머리카락, 햇볕에 그을린 몸을 보며, 섬사람들은 검은 물과 아이들의 검은 눈동자를 들여다볼 때처럼 무력감과 자부심을 동시에 느꼈다.

구미코와 그의 부모는 환영받았다. 정확히 왜인지는 아무도 몰랐다. 구미코가 섬사람과 결혼하면 자손의 성이 바뀔 것이었다. 아이들은 이 섬의 시조 고, 부, 양 세 사람 중 하나의 후손이 될 터였다. 섬사람들은 또한 오래전 그의 부모와 조부모를 기억했다. 구미코는 섬사람들에게 관대함이란 어떠해야 하는지를 배웠다.

구미코는 섬사람들을 사랑했다. 그들은 자신과 다른 사람들의 체면을 지키고자 신중하게 무지의 가면을 쓰고 사는 우에노 사람들과 달랐다. 우에노 사람들의 질책은 미묘했다. 얼굴을 찡그리거나 가만히 응시하는 식이었다. 그게 올바른 양육 방식이라고 누가 말해줬다면, 제주도에도 그걸 선호하는 사람이 있었을지 모를 일이다. 제주도에선 엄마들이 사람들 앞에서 거리낌없이 아빠들을 포옹했다. 보통은 연인 사이의 신성한 접촉이었을 텐데 말이다. 구미코는 섬사람의 야성이 더 좋았다. 섬사람들은 빈 그물을 보면 경멸하는 표정을 드러내고, 구미코를 볼 땐 뚫어져라 쳐다봤다. 말은 찰지고 행동은 거칠었다. 구미코가 자기 입지를 궁금해하도록 내버려두는 일은 절대 없었다. 구미코에게 바다의 포효를 뚫고 말하는 법을 가르쳐줬다. 구미코에게 소리치고, 뽀뽀하고, 야단치고, 칭찬하며 그가 보고 알고 대비할 세상을 온 섬이 합심해 기대했다.

그러던 어느 날 초토화작전이 시작됐고, 구미코의 아버지는 장차 어떤 일이 벌어질지 확신할 수 없었다. 미국의 지원을 받은 남한 경찰이 섬을 포위했다. 경찰은 민간인을 처형하기 시작했다. 간첩을 찾는다는 명분으로 아무나 죽여댔다. 밤엔 극단적인 반공주의자와 공산주의자 집단이 원한에 사로잡혀 섬사람들을 무차별적으로 살해했다. 조상 대대로 내려온 활쏘기와 말 길들이기 기술을 전수한 구미코의 아버지는 자신이 여기서는 싸울 수 없다는 걸 알았다. 하루빨리 도망쳐야 했다. 이미 수개월째 불신에 찬 신문 머리기사를 읽어온 터였다. 자유롭고 독립적인 한국. 조선공산당. 조선인민공화국 부정. 좌익 준동에 맞선 초토화작전. 38선 통행금지. 나라는 호두처럼 두 동강 났다.

구미코의 아버지는 섬사람들이 하는 이야기를 곁에서 들었다. "자유? 우린 자유롭지 않아. 우리 군대? 일본이 훈련하고 미국이 통제하고 있지. 북한 지도자? 진짜 소련 놈이야. 우리 섬에서 초토화작전을 한다고? 대체 자기들이 누구라고 생각하길래 이렇게 자기 형제들을 마구 죽이냐고!"

"육지 사람들이 우릴 형제로 여긴다고?" 누군가 헛웃음을 치며 말했다. "그 사람들은 우릴 똥으로 봐. 우리가 똥이라 들었으니 신나게 우릴 죽여 없애려는 거라고."

또 다른 사람들은 희망을 담아 말했다. "한국을 둘로 나누진 않을 거야. 일본이 북쪽엔 산업, 남쪽엔 농업을 전부 몰아놓았으니까. 북한과 남한? 우린 서로가 필요해. 토끼를 반으로 잘라 다리를 잃거나 머리를 잃으면 더는 토끼가 아닌 거니까. 저 바보들도 곧 그걸 깨닫게 될 테지."

군대가 해안을 넘어올지도 모른다는 의심이 확실해지자 섬사람들은 흩어진 가족을 불러 모으고 은신처를 모색했다. 첫 처형 대상자들은 자기들의 집 밖에서 항거했다. "숲속에 숨어 있다 창에 찔려 죽느니 차라리 여기서 총에 맞아 죽겠다!"

시위대는 남북 재통일과 독립을 외쳤다. 수천 명의 병력이 제주에 상륙해 반대자들을 재빨리 진압하고, 집집이 다니며 섬사람의 뿌리를 뽑아버렸다.

바닷물은 저 벼랑 아래에 닿았다. 구미코의 아버지는 딸이 불굴의 정신력으로 섬사람들을 놀라게 하는 모습을 지켜봤다. 딸의 머리카락과 눈은 자기 앞에 펼쳐진 바닷빛으로 충만했다. 구미코의 아버지는 딸이 벼랑을 뛰어내려 죽은 여자들을 찾는다는 걸 알았다. 그 관심이 어른 크기만큼 자랄수록 점점 더 물속

깊이 살핀다는 걸.

구미코의 가족은 아무도 찾지 못할 산비탈의 한 오두막으로 도망쳤다. 무덤들이 담요처럼 산자락을 따라 그림자를 드리워 낮 동안 그들을 보호했다. 아버지는 아무것도 가져오지 못하게 했다. 사진조차도. 울며 탄식하는 어머니를 달랠 사람은 아무도 없었다. 아버지는 차마 자기들의 안전을 장담하는 말을 하지 못했고, 아버지의 침묵만으로도 그들이 직면한 위험이 충분히 전달되었다. 이미 불길이 치솟고 있었다.

"여기서 계속 이렇게 아무것도 안 하고 있을 순 없어." 어머니가 말했다. "우린 항상 도망만 다녀. 우리가 왜 도망을 가야 해?"

구미코는 난생처음으로 어머니에게 악담을 퍼부었다. "어머니, 미친 소리 좀 그만하세요."

어머니가 말했다. "여기 인간은 나 혼자뿐이구나. 네 이모들과 삼촌들도 생각해야지. 어서 모두 안전한 데로 데려와야 해."

"그러면 우리까지 발각되고 말 거예요. 그 사람들을 여기까지 끌고 오게 될 거라고요." 구미코가 말했다. "그분들은 빠져나오지 못할 거예요. 닥치는 대로 죽이고 불태우는 거 못 보셨어요? 우리까지 싹 다 죽으면 좋으시겠어요?"

"그럼 내가 갈게." 어머니가 말했다. "나 혼자 갈 거야. 너도 네 아버지처럼 겁쟁이야."

아버지가 어머니에게 말했다. "가면 다시 돌아오지 못할 거요."

"어머니가 제정신이 아녜요." 구미코가 말했지만, 아버지는 구미코에게 더는 말하지 못하게 했다.

"내 말을 안 믿나 본데," 어머니가 아버지에게 말했다. "내가 직접 가서 전부 다 데려올 거라고요."

"보나 마나 죽을 거요." 아버지가 말했다. "다들 안전하게 있다 해도 오히려 당신 때문에 그들까지 위험해질 거요."

"제 목숨만 구한 남자 말은 안 들을 거예요."

그날 밤 아버지는 산을 떠나기로 했다. 구미코는 제발 가지 말라고 애원했다. 구미코가 보기엔 아버지는 어머니의 걱정을 달래려고 그러는 게 분명했다. 아버지는 노력은 해볼 생각이었지만 그들을 찾을 수 있으리라곤 기대하지 않았다. 그래도 새로운 소식은 가져올 수 있을 터였다. 지금 무슨 일이 일어나고 있는지 아는 게 하나도 없는 건 사실이니까. 불길이 치솟는 게 보이고 연기 냄새가 났다. 구미코가 소리쳤다. "어머니는 어떻게 지금 아버지를 산 아래로 내려가시게 할 수 있어요? 만약 아버지가 돌아오시지 않으면 어머니를 절대 용서하지 않을 거예요. 아버지도요." 구미코는 제 모진 말에 스스로 깜짝 놀라 "제발 여기 우리만 남겨두고 가지 마세요"라고 덧붙였다.

아버지가 구미코를 끌어안았다. "그런 말 하지 마." 그리고 이건 부부 사이의 일이라며 농담했다. 전쟁 기간에도 이런 것들은 절대 사라지지 않는다. 아버지는 실로 오랜만에 껄껄 웃었다. 아버지가 이 인정 많은 딸에게 의존한 것도 그래서였다. "그리고 네 어머니 말이 옳다. 우린 너무 긴 세월 동안 도망치기만 했지. 무슨 말인지 알겠니?"

그러곤 가버렸다.

구미코와 어머니는 며칠을 기다렸다. 마을이 계속해서 불타고 있음이 분명했고, 이는 저 아래가 아직도 위험하단 뜻일 수밖에 없었다. 어머니가 구미코를 안심시켰다. "적당한 때를 기다리고 계신 거야. 아버진 다른 사람을 돕고 계시는데, 우리 생각만 하면 안 되지."

밤이면 허기와 공포에 사로잡혀 서로 꼭 달라붙어 있었다. 어쩌다 바스락거리는 소리라도 들리면 그건 아버지일 수도 있고, 경찰이나 무장대나 토벌대일 수도 있었다.

구미코는 몸을 앞뒤로 흔들며 그 긴 오후를, 해수면에서 출렁이는 해초와 여자아이들의 허리에 묶인 부표를 떠올렸다. 제주는 돌, 바람, 여자가 많은 섬이었다. 어느 방향으로 가도 이 세 가지를 볼 수 있었다. 그런데 지금은 동서남북 어디를 쳐다봐도 오로지 불길밖에 보이지 않았다.

이윽고 모녀가 산을 내려가 보니 섬은 잿더미로 변해 있었다. 숯덩이가 되어버린 마을을 지나는 동안 그들은 목이 메어 아무 말도 하지 못했다. 시신조차 찾지 못하는 경우가 많았다. 벼랑 밑으로 던지거나 동굴 속에 숨기거나 토막을 내 은폐한 탓이었다. 어머니들은 양손으로 바람을 움켜쥐며 남편과 아들의 사라진 얼굴을 붙잡으려 했다. 그들이 자지러지게 울부짖는 소리가 잔해를 훑고 다니는 모든 이의 마음을 가득 채웠다. 치아. 머리털. 죽은 말과 돼지, 그리고 그 위에 모여든 모기떼. 연기가 태양을 붉게 물들였다. 사람들은 혀에서 시체 맛이 느껴지는 듯해 입을 틀어막았다. 어린아이들, 구미코가 함께 놀던 여자아이들, 남녀 어른들이 제멋대로 포개져 길가에 널브러져 있었다. 한때 섬사람들이 춤추며 생의 충만함을 누렸던 다랑논의 무너진 축대를 따라 수만 명이 삶을 멈추고 드러누워 있었다.

구미코는 길을 건너고 다리를 넘어 피로 물든 땅에 도착했다. 아버지의 행적을 묻고 다니는데 누군가가 이 땅을 가리킨 터였다. 하지만 입을 쩍 벌리고 다니는 음울한 얼굴들 외엔 아무것도 보이지 않았다.

섬사람인 한 할머니가 구미코에게 말했다. “네 아버진 산기슭에서 붙잡혀 데모에 끌려갔어.” 할머니는 데모가 군중집회 같은 거라고 설명했다. 못 먹고 분노한 한 무리의 사내들이 사람들을 불러 모아놓고 나라를 위한단 명목으로, 그리고 지령에 따라 고삐 풀린 망아지처럼 그런 집회를 열어댔다. 거기에서 대체 어떤 악이 탄생한 걸까?

“그럼, 저희 아버지는 지금 어디에 있어요?” 구미코가 물었다.

할머니는 땅바닥을 향해 손바닥을 쫙 펼쳤다. “여기.”

자세히 보니 돌과 돌 사이에 낀 나무껍질이나 파편인 줄로만 여겼던 게 실은 살과 뼈와 연골이었다. 순간 길바닥이 생생한 모습으로 되살아나 구미코는 그것들이 자기 아버지임을 알아볼 수 있었다.

(길) (아버지) (길)

“그 사람들이 네 아버지가 자갈이 될 때까지 돌을 던졌어.” 할머니는 마치 구미코가 아니라 자신의 진실성을 심판하러 산에서 내려온 신에게 말하듯 증언했다. "다들 제 결백을 증명하려고 돌을 던졌어. 우리 자신한테 돌을 던지고 또 던진 거지."

그들은 밤새도록 아버지에게 돌을 던졌다. 몇 날 며칠 동안 놀이 삼아 더 세게 돌을 던졌고, 주검이 가루가 되기 직전에야 시들해져 멈췄다. 경찰과 그 떼거리들과 섬사람들이, 돌과 뼈가, 서로 맞바꾼 건 무엇이었을까? 주검과 길 사이에 무엇이 오갔을까? 뭘 이해해야 하는 걸까? 구미코와 그의 어머니는 몰랐지만 그들이 산에 숨어 지낸 날들엔 이름이 붙었다.

1948년 4월 3일의 제주도 학살 사건이 남긴 질문들이었다.

구미코는 남한의 대전으로 도망쳤다. 그 후 키 180센티미터가 넘는 덩치 큰 남자와 결혼해 아이들을 낳았다. 남편은 이 나라 최초로 보험회사를 세웠고, 번 돈을 모조리 술로 탕진했다. 게다가 아내를 때렸고, 때론 무자비할 정도였지만, 구미코는 그걸 받아들였다. 만약 자기 아버지가 어머니에게 그랬다면 아버지는 아직도 살아 계실 것이었다. 구미코의 어머니는 제주에 남았다.

2년 후 구미코가 스물일곱이 됐을 때 한국전쟁이 터졌다. 북한군이 대전까지 내려와 민간인을 학살했다. 그 뒤엔 남한 군인이 와 남은 사람들을 총살했다. 행여 그중에 배반자가 있을까 봐 두려워서였다. 구미코는 한국어를 더 완벽하게 구사해야 한다는 것을 깨달았다. 남편은 구미코에게 일본어 억양 없애는 법을 가르쳤다.

적어도 구미코는 노예가 아니었다. 장티푸스가 8만 명을 위험에 빠뜨린 통에 어떤 군인도 증상이 보이는 여자를 건드리지 않았다. 발진티푸스, 성홍열, 이질, 천연두, 일본뇌염 등 오랫동안 인간을 괴롭힌 열병이 번갈아 가며 나라를 할퀴고 지나갔고, 그중 콜레라는 감염된 1만 5000명 중 1만 명을 영영 잠들게 했다. 격리는 불가능했다. 백신 접종 따위도 없었다. 구미코는 죽음의 문턱에 선 미군 병사들이 자기 목에 매달린 십자가를 만지작거리는 모습을 지켜봤다. 폭우와 방치된 시체가 모기를 불러들여 남은 사람을 모두 말라리아에 감염시켰다. 무엇보다도, 의심이 전염병처럼 퍼져 나갔다. 미군 병사들은 철로 다리 밑에서 겁에 질려 떠는 난민을 누가 누군지 식별할 수 없어서 총으로 쏴 죽였다. 이곳으로 싸우러 온 수많은 나라의 국기가 펄럭이고 있었는데, 구미코는 그 깃발들을 구별조차 할 수 없었다.

구미코는 옷자락에 돈을 숨기고 낮에 입었던 먼지투성이 옷을 그대로 입고 잠잤다. 대립하다 죽은 수백 개의 집단 중 어느 것에도 구미코는 속하지 않았다. 지옥에도 있지 않았다. 지옥은 미군 폭격기가 융단폭격으로 마을마다 끈적한 불덩이를 퍼붓는 저 북쪽이었다. 고아들이 화상 입은 피부와 끈적하게 들러붙은 퉁방울눈으로 나타나거나 사방이 푹푹 팬 땅 위에서 불타 죽었다. 그 시체는 그늘 속으로 스며들어 땅 위에 주름을 남겼다.

구미코는 원자폭탄이 떨어질 때 일본에 있지 않았고, 자기 나라의 폭력으로 점철된 분단 과정에서도 살아남았다. 전쟁과 역병 속에서 여섯 명의 아이를 낳았다.

구미코는 자기 어머니에게 말을 건네지 않았다. 어머니의 책임감, 이모들과 삼촌들과 다른 가족 생각이 아버지를 죽게 했단 원망 때문이었다. 그러다 딱 한 번 대전을 방문한 어머니에게 따져 물었다. 그렇게 어머니를 대놓고 비난한 건 구미코가 여섯 살 난 막내, 내 아버지를 키우고 있을 때였다. 어머니는 바닥에 쓰러져 흐느꼈다. 그 모습에 죄책감을 느낀 구미코는 그 뒤로 두 번 다시 어머니를 무시하지 않았다. 여자와 또래 여자아이들이 돌보는 섬을 떠난 뒤 구미코가 말했다. “나에겐 고집 센 아들들과 든든한 남편이 있어.” 하지만 구미코는 섬이 아닌, 자신이 사는 곳에서 가까운 대전 공동묘지에 안치한 어머니를 찾아가 무언가를, 이를테면 초자연적인 빛이나 특별한 목소리 같은 것을 기다렸다. 장례를 마친 구미코는 결국 둘 사이에 너무도 명백했던 감정을 느꼈다. “어머니, 난 아직도 화가 나요.” 구미코는 마치 무덤이 자신이 들어갈 수 있는 문이기라도 한 양 어루만졌다. “하지만 어머니한텐 아녜요.”

구미코는 관절염이 있는 굼뜬 손가락으로, 어렸을 땐 엄두도 못 냈던 겨울 외투를 꼿꼿한 몸에 겹겹이 걸쳐 입었다. 그러곤 눈 한 번 깜빡하지 않고 나를 폭 감싸안았다. 구미코는 아들 며느리와 손자를 따라 이 나라로 왔다. 미국 생활이 뭘 가져다줄지 확신할 수 없었다. 하지만 밀피타스에서 막냇손녀인 나를 돌보며 문득 한국어로 노래하는 법을 가르치고 싶었다. 산. 토끼. “잘 들어봐.” 할머니는 깊은 울림이 느껴지는 목소리로 동요를 불렀다. “산토끼 토끼야, 어디를 가느냐? 깡충깡충 뛰면서, 어디를 가느냐.”

할머니가 다른 한국 할머니들, 초밥집 일본 여자들과 나누는 대화가 무슨 내용일지 궁금했다. 내가 학교에 들어가자 할머니는 영어를 읽고 쓰는 법을 배우고 싶어 했다. 저녁마다 내게 자기 공책에 영어 문구 하나를 적어달라고 했다. 그런 다음 큼직하고 단정한 손글씨로 그 문구를 따라 적었다. 어느 날 밤 나는 너무 졸려 그냥 잠자리에 들었다. 아침에 눈을 떠보니 할머니는 아침 운동과 스트레칭을 마치고 화단에 물을 주고 있었다. 공책을 보니 마지막 몇 페이지가 비어 있었다. 전날 저녁에 내가 아무 문구도 적어드리지 않은 탓이었다. 그 일을 지금도 또렷이 기억하는 건 그 뒤로 할머니가 두 번 다시 그런 부탁을 하지 않았기 때문이다.

할머니는 돌아가시면서 엄마에게 얼마간의 돈과 메모를 남겼다. 거기에는 다른 가족에게 그런 돈을 남기지 않은 건 우리 엄마가 구미코 자신과 자기 어머니처럼, 상처받고 절망하고 두려워하면서도 더는 딸이 아닌 어머니로서, 자기 어머니를 잃은 딸로서 고부간의 책임을 다했기 때문이란 말이 적혀 있었다. 하지만 할머니야말로 세상의 무자비함에 누구보다 고통받은 여성이었다. 혈액검사 결과 우리는 내게 일본인의 피가 섞여 있음을 알게 됐다. 엄마는 자기 부모님이 일본인일 가능성은 전혀 없다고, 그분들은 순수 한국인일 수밖에 없다고 했다. 부모님은 우리 가족에 일본인의 피가 흐르는 까닭으로 구미코의 어머니나 구미코를 지목했다. 어쩌면 우리가 모르는 폭력이 있었는지도 모른다. 어쩌면 구미코는 한국 여자가 된 일본 여자였는지도 모른다.

병원 침대에 누워 있을 때 구미코는 자기 어머니와 아버지를 다시 만나게 된단 데서 기쁨을 느꼈다. 노란 유채꽃에 뒤덮인 제주의 봄 언덕을 떠올렸다. 향기로운 꽃송이로 가득 찬 그 신비로운 황금빛 벌판을. 배경이 되어주는 화산 분화구는 흰색과 주황색, 분홍색과 빨간색으로 피어나는 빼곡한 진달래, 흐드러진 벚꽃과 선명한 대조를 이뤘다. 항구에선 요리 대회를 비롯해 그 해의 풍년을 기원하는 다양한 행사가 열렸다. 농장에서 토종말 타는 법을 가르쳐준 기억도 떠올랐다. 그 말들은 큰 머리와 굵은 목으로 유명했더랬다. 적갈색, 크림색, 밤색 등으로 털색이 다양했는데 은회색에 긴 갈기가 있거나 점박이에다 발목에 털이 없고 특히 코에 점이 많은 녀석도 있었다.

구미코는 고향이 그리웠지만 캘리포니아에서 잠들기로 했다. 무덤은 지난해에 직접 인사 나눈 일꾼들이 제초해 말끔히 단장해 뒀다. 아마 구미코는 가족과 가까이에 있으려고 자기 아이들이 선택한 나라에 묻혔을 것이다. 일본어를 배우는 동안 우에노와 그곳 료칸의 엘리베이터를 돌아다니며 나는 언어로 자신을 고립시키는 법을 배웠다. 처음엔 영어를, 그다음엔 한국어와 일본어를 차례로 방어막 삼아. 무서울 정도로 유용했다. 마치 스파이처럼 나 자신을 숨길 수 있을 듯했다. 전엔 내가 입을 떼기 어려웠지만 이젠 다른 사람들이 내게 말 걸기 어려운 것 같았다. 언어는 나를 열어주기도 하지만 내가 닫을 수 있게도 해줬다. 하지만 내가 고립을 향해 달려가는 듯한 느낌이 들 때면 할머니와 증조할아버지가 나를 설득하는 소리가 들렸다. 한번 노력해 보라고. 사랑하는 법을 배울 땐 얼마나 더 많이 애써야 하는지 아느냐고. 할머니는 내게 말하라고 하는 대신 이해하라고 했다. 참는 대신 용서하고, 희생하는 대신 놓아주라고 했다.

6

내가 한 선택들

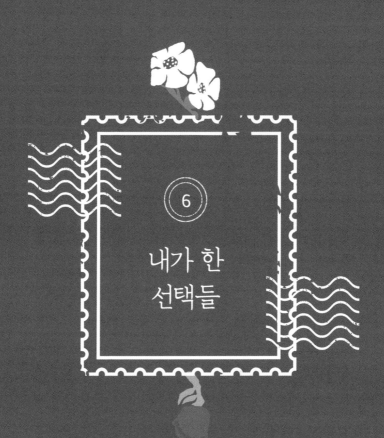

Date. Page. 1

안녕? 은지
엄마는 어젯밤에 돌아왔어.
눈이 너무 많이 와서 이천에서 이모들 하고
다섯명이 놀았어.
대전이모하고 시간을 많이 보내서 너무 좋아.
이제 1년만 있으면 간다고 생각하니까
이모하고 자주 못 만나는것도 아쉽단다.
이제는 그만 춥고 봄이 올 때가 되가는데
어제도 눈이 왔어.
요즈음에는 지원이 아줌마랑 잘 못만나.
엄마가 좀 바빴거든.
대전 삼촌은 이사했어. 좀 작은집으로.
그래도 이사해서 다행이지 뭐.
시간내서 한 번 가봐야지.
보면 속상할것도 같지만 그래도 가봐야겠지?
은지는 어떻게 지내?
오빠는 Stress가 많은것 같드라.
마당에 sewer line 터졌다고 일도 못가고
집안일이 너무 많아 죽겠다면서 막 소리지르더라.
너랑 전화 하다가 창현이가 할 말 있다고 해서
너는 lesson 하러 나가고 나서 John 이랑
통화 했거든.
사실 엄마가 미안해서 뭐라고 말 못했어.
다 고쳤는지 궁금하다.
편지 보내놓고 전화 해볼꺼야.
은지 한테도 미안하구.
일단은 둘다 졸업하길 기다릴 수 밖에는
별도리가 없구나.

Date. Page. 2

3월에 가면 앞으로 어떻게 할지
의논을 좀 해야겠어.
세상에 쉬운 일이 없단다.
공짜 (free)는 더욱 더 없구.
내가 한 만큼 돌아오고, 어려울때가 있으면
좋을때가 있지. It's paid back what I did
돈도 생기면 쓸데가 있고, 그치?
사는게 그래.
그래서 너무 속상해 하거나 슬퍼할것이 없단다.
삶 (life)이란 늘 그런거니까.
엄마 이제 나가봐야 할 시간이다.
희정이 언니 알지?
작년에 결혼 했거든.
아기 낳았다고 오늘 보러오래.
효아하고 같이 가보기로 했어.
엄마 머리속이 복잡해서 집에 있고 싶은데
지난주에 약속을 미리 해놨거든.
이모들 하고 놀면서도 엄마 마음은 Davis 에
가 있었어.
얼른 가서 이것저것 해주고 싶은데 마음이 아프다.
나가면서 전화 해봐야지.
은지는 별일 없는거지?
지난번 그 거짓말 한 친구는 정말 웃긴다.
세상에 별일이다!
어쨌든 좋은 경험이야
그런애들도 있다는걸 알았으니까. 웃겨.
주말에 잘 지내고 즐겁게 살도록 해.
엄마도 며칠 잘 생각하고 월요일에 다시 쓸께.
Monday
안녕
2006. 2. 10. Friday
mom.

대학 2학년 겨울, 분당에 머물러 왔을 때였다. 어느 날 저녁 나는 한강 북쪽 용산에 오디션을 보러 갔다. 기획사 건물 깊숙이 콘크리트 복도를 따라가니 반들거리는 바닥에 연습용 거울을 갖춘 춤 연습실이 나왔다. 학교 친구로, 단독 오디션을 주선해 준 연습생 보라가 매니저 데이비드와 잡담을 나누고 있었다. 40대 나이에 눈썹이 연회색인 데이비드는 연습생들과 회사 간의 마찰을 해결하기 위해 고용된 사람이었다. 이미 데뷔한 10대 소년들로 구성된 그룹이 벽을 따라 죽 늘어서서 내가 입은 파카와 후드티, 헐렁한 청바지를 가리키며 쑤군댔다. 그들의 검열에서 안전한 사람은 아무도 없었다. 회사 대표는 내내 방 한쪽 구석에만 머물러 있었다. 헐렁한 정장 차림의 대표는 이름이 희철이라고 했다.

그들은 굳이 조명을 어둡게 하지 않았다. 방 안은 이미 어두운 터였다. 바닥엔 그림자가 어지러이 뒤섞였고, 바깥에선 우박이 창문을 마구 두드려댔다. 스피커가 윙윙거리며 켜졌다. 모두 하던 말을 멈췄다.

"여긴 작은 회사야." 데이비드가 내게 말하며 두 손을 둥그렇게 말아 모았다. "우린 큰 회사들과는 다르게 방송사하고 아무 연줄이 없어."

희철은 양복 호주머니에서 담뱃갑을 꺼냈다. "아무도 너한테 특혜를 줄 수 없어. 나조차도. 보라가 이미 말했지?"

보라가 희철을 향해 고개를 끄덕였다. 회사는 연습생으로 들어온 지 고작 1년 된 보라를 5인조 걸그룹의 멤버로 데뷔시키려고 밀어붙이고 있었다. 다른 연습생들도 나머지 자리를 채울 후보로 고려됐지만, 데이비드와 희철은 새로운 사람을 원했다.

소년들의 창백하고 섬세한 얼굴이 허공에 걸려 있었다. 그들은 이미 데뷔했지만 예능이나 공연 출연 일정이 없었다. 희철이 덧붙였다. "우리 잘못이야. 뭐든 너무 꽉 쥐려 하면 잃게 되는 법이지. 우린 최고의 안무가와 최고의 보컬코치를 고용했어." 희철은 다시 담배를 한 모금 빨았다. "그룹을 하나 준비하는 데는 몇 년이 걸리지만 대중이 그 그룹을 사랑할지 죽게 내버려둘지를 결정하는 데는 단 몇 초밖에 안 걸리지."

"이 걸그룹은 다를 거예요." 데이비드가 재빨리 희철에게 말했다. "한국에 이런 그룹은 없어요. 어쨌든 우리가 다른 회사들보다 나아요. 걔네는 이미 너절한 산업에 팔렸으니까. 게다가 우리한테는 '리더' 보라가 있잖아요. 나머지 자리는 저절로 채워질 거예요. 이제 막내랑 댄서, 보컬, 비주얼만 있으면 돼요."

"노래 좀 들어볼 수 있을까?" 희철이 내게 물었다.

"전 노래 쪽이 아네요." 내가 말했다.

희철은 웃었다. "아, 운이 없네. 뭐, 네 잘못은 아냐." 희철이 팔짱을 꼈다. "그럼, 얘기나 좀 들어보자. 보라한테 듣기로 네가 캘리포니아에서 댄스 크루에 있었다던데."

캘리포니아주 어바인에서 지낸 첫해에 나는 1년에 마흔 번은 공연하고 한때 웨스트할리우드의 하우스 오브 블루스House of Blues에서 공연한 적이 있는 힙합댄스 크루의 오디션을 봤다. 그 댄스 크루는 지역 대회에서 우승을 거두고 국제 대회에서도 입상한 경력이 있었다. 서부 해안 지역에선 크루에 들어가는 게 모두의 꿈이었다. 지원만 하면 누구나 오디션을 볼 수 있었다. 300명의 후보가 경기장 관람석 밑에서 자기 번호가 불리길 기다렸고, 관중은 계단식 관람석에서 서서 지켜봤다. 공중에 있는 핸드폰이 바닥에서 춤추는 모습을 촬영했다.

젊은 남자가 뉴스카메라를 들고 경기장을 쭉 훑으며 찍었다. 그 옆에 있던 소녀가 내 윗옷에 달린 숫자를 가리키며 외쳤다. "행운을 빌어요! 다 죽여버려!"

당황한 내 얼굴을 보고 그가 덧붙였다.

"아, 다 부숴버려요. 아작을 내버리라고요. 싹 쓸어버리라고요."

젊은 남자가 내게 물었다. "백그라운드가 어떻게 돼요? 치어리더?"

나는 치어리더를 한 번도 본 적이 없었다.

준비한 춤을 멋지게 해낸 후보들이 바깥 땅바닥에 앉아 담배

한 대를 주거니 받거니 하며 나눠 피웠다. 실력을 제대로 펼치지 못한 이들의 얼굴엔 골방에 어울릴 슬픔이 어려 있었다. 아직 자기 차례를 기다리는 이들은 안 보이는 구석으로 가서 모든 동작을 다시 반복했다. 나는 악몽을 꿀 때면 그랬다. 잠에서 깨면 바라는 대로 꿈 내용을 고쳐 떠올렸다.

주위를 둘러보니 오디션은 제대로 된 계획도 없이 진행된 모양이었다. 누군가는 탁자를 가져오고, 다른 누군가는 스피커를 설치하고, 심사위원들은 각자 자기가 앉을 의자를 가져왔다.

연습할 때 들려오던 안무가들의 목소리는 절대 잊지 못할 것이다.

"인어처럼 머리카락을 바닥에 대!"

"손을 핥을 땐 핥는 척만 하지 말고 진짜로 핥아."

"무대 뒤에서 재빨리 사라지라고."

"표정!"

"둥둥, 툭."

"팡팡, 흐느적."

"틱이 아니고 툭."

어떤 동작이든 목구멍에서 나는 소리 그대로였다. 삶이 흥분으로 가득 찬 사람은 혼란이 끝날 때까지는 오직 그것만을 찾아다닐 수 있는 법이다.

심사위원단이 나와 다른 두 명을 무대로 불렀다. 그들은 우리가 들어가려고 경쟁하는 크루는 단순한 댄스 크루가 아니라 우리를 돌봐줄 가족이라 했다.

한 번에 세 명씩 같이 춤을 췄다. 표정이 중요하므로 춤을 출 땐 항상 시선을 위로 두어야 했다. 시선을 아래로 깔면 관중석이 조용해졌다. 그리고 절대로 자기 자신의 숨소리가 들리지 않아야 했다.

관중은 수조 속 물고기처럼 입을 벌리고, 우리 중 누군가가 미끄러지거나 넘어지지 않는지 지켜봤다. 우리는 저마다 부디 그게 자신이 아니길 바랐다. 나와 함께 무대에 선 다른 두 후보는 심사위원들을 응시했다. 나는 관중을 올려다보며 그들을 경멸하고 비난하는 듯한 태도로 내 갈망과 두려움을 표현했다. 심장이 미친 듯이 팔딱이는 느낌만큼 황홀한 쾌감이 또 있을까? 나는 벌거벗고 있는 걸로도 성에 안 찰 땐 머리카락을 염색하고, 머리에 가발을 이어 붙이는가 하면, 손톱을 뾰족하게 만들고, 딱 달라붙는 검정 옷을 입었다. 더는 음식을 거부하거나 억지로 토하지 않겠다고 다짐했기에 그간 내가 방치했던 몸으로 기적처럼 움직일 수 있었다.

우리가 무대를 마치고 걸어 나오는데 경기장이 함성으로 가득 찼다.

"저는 댄스 크루에 있어요." 나는 희철에게 자랑스레 말했다. "이제 2년 차예요. 바로 얼마 전에 로스앤젤레스에서 대회를 치르고 돌아왔어요."

"그 사진들 전부 다 내려야 해." 희철이 내게 말했다. "보라가 이미 보여줬어. 네 팔, 다리, 가슴이 훤히 드러나 있잖아."

내가 말대꾸했다. "모두 같은 옷을 입고 있는데요."

"꼭 그렇게까지 할 필요 있어요?" 데이비드가 희철에게 이의를 제기했다.

"대중이 안 좋아할 거야." 희철이 책상 위에 놓인 음료 캔에 담뱃재를 털었다. "이제 막 데뷔한 걸그룹한테는 너무 이미지를 깎아먹는 사진이야." 희철은 당혹스러운 목소리로 말했다.

보라가 플레이어에 시디를 넣고 음악을 틀 준비를 했다.

"잠깐만." 데이비드가 보라에게 말하더니, 몸을 돌려 나를 쳐다봤다. "여기로 와서 살 수 있겠어?"

"여기 가족이 있어요." 내가 말했다.

"우리 엄마가 할 소리를 하네. 어떨 땐 완전 미국인처럼 말하더니," 데이비드가 내 등을 두드렸다. "어떨 땐 또 완전 한국인 같아."

일곱 명쯤 되는 소년은 한가롭게 서 있었다. 각자 100여 명의 연습생 무리에서 6년을 보낸 뒤 최종 선발된 아이들이었다. 나머지 연습생은 버려졌다. 보라가 연습생의 막막하고 외로운 삶에 대해 말해준 적이 있었다. 고통은 실력과 정신을 다지는 데 필수적이라고 여겨졌다. 연습생들이 저지르는 실수는, 데뷔란 다른 데뷔 그룹 및 기존 그룹과 벌이는 또 다른 힘겨운 경쟁일 뿐이란 사실을 미처 깨닫지 못하는 것이다.

나는 데이비드와 희철에게 말했다. "제가 여기 있어야 해요."

희철이 내게 미소 지었다. "내가 너보다 훨씬 연장자인데 너는 그런 건 완전히 무시하고 말하는구나. 무례하고 어쭙잖지만 신선하긴 하네."

데이비드가 일어나 방 안을 천천히 걸었다. "몸무게가 얼마나 나가?"

나는 실제보다 5파운드 줄여 대답했다.

"킬로그램으로 하면 얼마지?" 데이비드가 보라에게 물었다. 보라는 입 모양으로 숫자를 말했다.

"보기보다 많이 나가네." 희철이 인상을 찌푸렸다. "한국에선 많이 나가는 거야. 여기 여자애들은 몸집이 더 작고 가벼워. 여자는 종잇장 같아야 해."

데이비드가 희철을 향해 눈을 크게 떴다. "저분 말 듣지 마." 데이비드가 내게 말했다. "일단 15파운드만 빼자. 살을 빼면 얼굴이 변하기 시작할 거야."

희철은 다시 담배를 피우더니, 그걸로 자기 코를 긁어댔다. "누구나 저만의 스토리가 있지."

"얘, 일본어를 할 줄 알아요." 데이비드가 말했다. "우리한테 딱 맞는 시장이죠."

"그거 맘에 드네." 희철이 데이비드를 담배로 가리키며 올려다봤다. "앤 명랑한 소녀야. 한국에 사는 건 처음이지. 같이 어울리는 데 도움이 필요하고 실수도 많이 해. 고개 숙여 인사해야 할 때 악수하고. 하지만 시간이 지날수록 사람들에게 익숙해지고 뭔가를 제대로 배우기 시작하지. 정직함이란 게 뭔지 몇 가지 가르쳐주기까지 하고."

"다른 여자애들이 시샘할 정도로 예쁘지도 않죠." 데이비드가 덧붙였다. "그래서 가장 가까운 친구가 될 수 있어요."

"남자애들한테도 친구가 되고." 사장이 말했다.

"그럴 수 있을까요?" 데이비드가 물었다.

"처음엔 선머슴 같지만 우릴 놀라게 해. 왜 그럴 때 있잖아. 어느 날 문득 내가 친구를 사랑한다는 사실을 깨닫는, 상대가 갑자기 여자로 보이는 순간."

"변신하는 거군요. 데뷔 후에—"

"갑자기 짜잔 하고 나타나는 거야." 사장이 말했다.

"그 순간이 바로 모멘텀이 되는 거죠." 데이비드가 혼자 중얼거렸다.

"15파운드보다 조금 더 빼야 할 수도 있겠어." 희철이 내게 말했다. "더는 못 빼겠단 생각이 들면 고아가 정말 배고플 때 훔쳐서라도 먹는 걸 생각해 봐. 절실하면 뭘 못 해."

"대표님, 몸이 너무 쪼그라들면 나이 들어 보일 수도 있어요."

데이비드가 말했다.

"앤 어리진 않지만 뭐, 그래도 괜찮아." 희철이 말했다.

"우린 억지로 강요하지 않아." 데이비드가 내게 말했다. "대표님은 진지하게 말씀하시는 거야. 좀 가혹하게 들리겠지만 네가 성공하길 바라는 마음에서 그러는 거지. 우린 서로가 없으면 성공하지 못해. 이제 넌 강해져야 해. 이 바닥은 항상 더럽고 불공정하니까."

"혜린이었나, 혜리였나, 암튼 걔 일을 잊지 마." 희철이 말했다.

"그 애가 어떻게 됐는데요?" 내가 물었다.

조용히 듣고만 있던 보라가 말했다. "지금 딴 데서 일해."

"무슨 일?" 내가 물었다.

희철이 담배를 비벼 끄더니 데이비드에게 한 대 권했고 데이비드는 거절했다.

"그 애한테 일어난 일은 그 애 책임이야." 데이비드가 말했다. "네 운명은 네 손에 달렸어."

희철은 잠깐 마음이 아픈 듯했지만, 그 표정은 곧 사라졌다. "자, 이제 네 춤 좀 보자."

댄스 크루에 들어와 달라는 요청을 받은 나는 소식을 알리고자 한 사람에게 전화했다. 신호음을 들으며 눈을 감으니, 함께한 마지막 몇 주 동안 그가 어색하게 짓던 미소가 떠올랐다. 내가 잠을 이루지 못하는 걸 알곤 그가 슬그머니 담배 한 개비를 내게 건넸다. 그는 계속 우리 미래에 관해 질문했고, 나는 결국 당분간 담배를 피우지 않겠다고 말했다. 그가 두 팔을 번쩍 들어 올리며 자기도 나와 함께 담배를 끊겠다고 했다. 할아버지 리가 세상을 떠나고 나서 1년 뒤인 1984년 엄마는 오빠를 출산했다. 자기 부모님도 남편도 없이 혼자 옥상에 빨간 고무 대야를 놓고 오빠를 목욕시켰다. 오빠는 엄마의 유일한 기쁨이었다. "그래도 엄마가 이렇게 웃고 있잖아." 옥상에서 찍은 둘의 사진을 보고 언젠가 오빠가 내게 말했다. "나한테 엄마가 필요했던 만큼이나 엄마한테도 내가 필요했던 거지."

오빠와 나는 우리에게 무슨 일이 일어날지, 과연 좋은 일이 있기나 할지 궁금했다. 오빠처럼 젊은 남자가 추수감사절 저녁 식사를 준비하고, 곁들일 음식을 사 오고, 꿀 발라 구운 햄을 차려놓고, 친구들을 불러 웃고 떠드는 게 흔한 일은 아니었다. 에이선은 빙빙 맴돌며 뛰었고, 미에코는 열심히 기장 껍질을 깠다. 우리는 같이 비디오게임을 했다. 우리 남매는 같은 곳에서 왔고 그곳을 그리워했는데, 그게 우리를 하나로 묶어주기 때문이었다. 종종 서로를 포용하지 못한 우리에겐 그런 깨달음이 힘겹게 찾아왔다. 무언가가 불가사의할 때 그것은 또한 경이가 되기도 한다. 나는 태양이 꿋꿋이 홀로 서는 모습을 지켜보았고 열여덟이 되었다.

마지막으로 목소리를 듣거나 얼굴을 본 지 몇 달은 된 오빠가 전화를 받았다. "은지?" 오빠가 말했다. "내 걱정은 하지 마. 너는 이제 좀 괜찮아?"

≋

보라가 분당의 부모님 아파트에 나를 내려줬다. 복도를 울리는 내 발소리에 엄마가 철문을 활짝 열었다. 깜빡 잠이 들었을 때 벗겨진 마스크팩이 엄마 턱에 걸려 있었다. 나는 엄마에게 모든 이야기를 들려주었다.

"정말?" 엄마는 갑자기 졸음이 확 달아난 목소리로 물었다. "텔레비전에 나오는 아는 사람은 지원이 딸뿐이었는데. 세상에, 이 소식을 누구한테 알리지?"

우리는 같이 회사 웹사이트를 찾아봤다. 엄마는 내가 들고 온 계약서를 살폈다. 그러곤 나와 함께 오빠에게 전화했고, 오빠는 감탄한 듯했다.

"어떻게 생각해?" 내가 엄마에게 물었다. "이제 내가 여기로 와서 엄마랑 같이 살 수 있어. 국제학교에 다니면서 지하철 타고 연습실에 나가 연습생 생활을 하는 거지."

"어바인은 어떡하고? 네 친구들은 다 거기 있잖아. 네 생활 터전은 이미 거기야."

"내 말 못 들었어? 이제 엄마랑 같이 여기 있을 수 있다고—"

"엄마 말 오해하지 말고 들어. 엄마는 물론 네가 오면 좋아. 근데—"

"근데 뭐?"

"넌 거기서 태어났어. 거기가 네 집이야. 넌 여기 생활이 어떤지 전혀 몰라. 사람들도 환경도 거기완 완전히 다르다고."

"난 여기서 할 일이 있어." 나는 당황해하며 말했다. "정말 잘

할 자신 있어."

그날 밤늦게 아빠가 귀가했다. 고단한 상태였지만 아빠는 기쁜 마음으로 계약서를 읽었다. 그리고 내게 회사와 업계에 대해 좀 더 알아볼 테니 계약서에 서명하기 전에 하루이틀만 기다려보라 했다. 아빠는 이 나라에선 모든 걸 제대로 잘 알아봐야 한다고 내게 설명했다. 대전에 살 때 알던 옛 동료가 한 방송국의 수장으로 있는데, 이렇게 말했다고 한다. "여기서 살면 네가 누군지, 어떤 집안 출신인지, 무슨 잘못을 저질렀는지 모두가 다 알아."

다음 날 아빠는 퇴근하고 돌아와, 밥과 국으로 식사한 뒤 자리에서 일어나 이를 닦고 잠옷으로 갈아입으러 갔다. 그러곤 텔레비전 앞에 방석을 주르륵 깔아놓은 매트에서 간식을 먹었다. 엄마와 나는 야식으로 닭날개튀김을 배달 주문해 그 오돌오돌한 부위를 같이 씹어 먹었다.

그다음 날 아빠는 밤늦게 귀가했다. 저녁을 먹고 난 아빠는 소파에 앉았고, 엄마와 나는 아빠가 무슨 말을 할지 기다렸다. 아빠는 내게 말한 방송국 사장인 옛 동료를 만나, 만약 딸이 걸그룹으로 데뷔하면 앞으로 어떻게 되는 거냐고 물었다. 동료는 만에 하나 내가 운이 좋아 데뷔한다 해도 대중의 관심을 받으려면 스폰서가 필요하고, 나이 든 남자들에게 그 빚을 갚아야 할 거라 했다.

그 남자는 자기는 늘 젊은 여자애들과 잔다고 자랑하면서, 그러니 자기가 바로 그 말이 사실이란 증거라 했다. 그 남자는 내가 결국 자신과도 자게 될 거라고 장담했다.

"보라는 어떻게 됐어?" 엄마가 내게 물었다.

"보라는 이미 서명했어."

"집으로 돌아가." 엄마가 내게 말했다. "여기선 네가 안전하지 않아. 우리도 다음 계약이 끝나면 돌아갈 거야."

"다음 계약?" 내가 엄마에게 되물었다.

"계약을 2년 더 연장했어." 엄마가 말했다. 앞선 두 차례의 계약 기간을 합치면 총 7년을 떨어져 지내는 셈이었다. "널 거기 남겨두고 오길 정말 잘했단 걸 이제 확실히 알게 됐어." 엄마는 짐 가방을 찾아 내 옷을 담기 시작했다. "연습생 따윈 싹 잊어버려. 그게 될 일이었으면 진작에 그렇게 됐지."

아빠는 너무 화가 나 하마터면 그 동료에게 욕설을 퍼부을 뻔했지만, 자신의 부탁으로 만난 자리였음을 가까스로 상기했다.

≋

분당에 있는 백화점 커피숍에서 만난 보라에게 가장 먼저 직접 그 이야기를 전해주고 싶었다. 바리스타가 우리에게 탁자에 놓을 초와 담요를 가져다줬다.

"나한테 아무 말 하지 않아도 돼." 보라가 말했다. "우리가 같이하면 포기하지 않고 계속할 수 있을 거라고 생각했어. 그게 효과가 있을 거라고. 실은 오래전부터 여길 떠나고 싶었거든. 근데 내가 너무 힘들다고 하면 데이비드는 계속 똑같은 말만 해. 더 강해지라고. 왜냐하면 이 바닥은—"

"더럽고 불공정하니까." 내가 이어 말했다.

바리스타가 커피와 와플을 가져왔다. "난 아직도 춤을 추고 싶어. 포기하기가 너무 힘들어." 보라가 말했다. 바리스타는 보라의 가느다란 몸과 작은 얼굴을 슬쩍 훔쳐봤다. "대표가 나한테 계속 전화해. 이제 전혀 딴 사람 같아. 제정신이 아냐."

"그 사람이 네 번호를 알아?"

"당연하지. 요즘 회사가 힘들어서 그 사람 맨날 술 마셔. 지금 뭐든 해야 하는 상황이야. 그래서 갈수록 점점 더 앞뒤 안 가리고 발악하고 있어. 남자애들을 매로 때리기까지 한다고." 보라가 말했다. "대형 기획사만큼 심한 건 아니지만. 암튼 그런데도 걔네는 회사에 고마워한다니까?"

내가 물었다. "넌 데뷔할 때까지 거기 있을 거지?"

"사실 더 큰 회사에 들어갈 수도 있었어." 보라가 재빨리 말했다. "근데 그런 덴 연습생 기간이 너무 길어. 그런데도 실제로 데뷔하는 애는 300명 중에 달랑 세 명이지. 게다가 데뷔하고 나서도 5년에서 10년 동안은 돈도 하나도 못 받아." 보라가 의자에 앉은 채 몸을 흔들었다. "지난주에 다른 걸그룹이 우리 콘셉트로 데뷔했어. 전부 베테랑 춤꾼들이야."

"아휴, 어떡해……"

보라가 손을 내저었다. "아냐. 실은 다른 기획사 몇 군데서 새로운 제안을 받았어. 근데 다들 계약하는 대신 다른 것도 원하더라고."

"그게 무슨 말이야? 그냥 춤추고 노래하고 싶은 사람이 뭘 또 해?"

"그걸 포기하든지, 아니면 다른 걸 포기해야 하지." 보라가 불안한 목소리로 말했다. "어느 쪽을 선택하든 남은 평생 그 생각을 하게 될 거야. 내가 갈 수도 있었을 길을!"

"거길 나오면 어떻게 되는 거야?" 내가 물었다. "미국으로 돌아가면 되잖아."

보라가 웃더니 와플을 한 입 베어 물었다. "회사는 내 계약을 해지해 주지 않을 거야. 계약 기간이 만료되기 전까진 다른 회사랑 일 못 해." 보라가 설명했다. "그런 식으로들 잡아두는 거지. 대표는 벌써 내가 한국을 떠날까 봐 두려워해. 그리고 내가 자기랑 만나고, 같이 술 마시고, 생판 모르는 사람들이랑 이야기하길 바라."

보라가 핸드폰을 확인하더니 자리에서 일어섰고, 우리는 함께 커피숍을 나왔다. 내가 물었다. "그게 혜린인지 혜리한테 일어난 일이야?" 행인들이 보라의 움직임 하나하나를 눈으로 좇았다. 보라가 나를 돌아보며 말했다. "혜리? 그건 모두에게 일어나는 일이야."

나는 한국을 떠나 어바인으로 돌아갔다. 그리고 학교 진료소를 찾아가 일주일에 두 차례 정신과 상담을 받기로 했다. 부모님을 보러 가기 전엔 학교 밖 검진 센터에서 피검사를 받았다. 아무래도 집으로 돌아왔을 때 내 심리 상태가 온전치 않으리라고 생각해서였다. 상담 일정을 잡으러 진료소 문을 열고 들어가며 그 예상이 옳았음을 알았다. 의사는 상담 기간이 끝나면 그 결과에 대해 나와 이야기할 거라 했다.

"비상 연락처로 전화하셨죠." 흰 가운을 입은 여자가 자신을 민디라고 소개하고 나서 말했다. "제 진료실은 이쪽이에요." 의사는 나를 데리고 복도를 지나 어떤 방으로 들어갔다. 우리는 탁자를 사이에 두고 마주 앉았다. 탁자 위에 있는 작은 모형 폭포에서 간간이 웡 하고 울리는 모터 소리와 함께 물이 졸졸 흐르며, 벽 너머에서 들리는 낯모르는 이들의 흐느끼는 소리를 휘저어놓았다. 자세히 보니 그 모형은 지지대 위에 투명한 대롱을 꽂아놓은 것이었다. 물이 떨어지고 있단 감각은 일종의 착시현상이었다.

"환시를 경험했다고요." 민디가 자기 무릎 위에 클립보드를 올려놓으며 말했다.

"할머니가 보였어요."

"그 한 차례뿐이죠?"

나는 고개를 끄덕였다. "할머니께서 저를 부르는 이름이 있었어요."

"할머니가 이름을 붙여주셨어요?"

"엄마한테만 말했는데 안 좋아하셨어요."

민디가 클립보드에서 고개를 들었다.

"그리고 댄스 크루도 그만뒀어요."

"학교도 그만둘 거예요?"

나는 웃으며 대답했다. "제가 지금 여기서 뭘 하고 있는지 모르겠어요."

민디의 진료실에 있는 모든 시계는 한 시간씩 느리게 맞춰져 있었다.

"학생이 성급한 결정을 내리기 전에 이것만은 분명히 말해두고 싶어요. 부디 오해하지 않았으면 좋겠어요." 의사가 몸을 앞으로 바짝 당겼다. "피검사 결과를 보면 학생은 좋은 기분을 느끼기가 힘든 사람이에요. 간단히 말해 보통 사람들처럼 즐거울 수가 없다는 거죠. 그런 기분 좋은 느낌이 없어요. 그쪽 호르몬이 충분히 분비되지 않으니까요."

"그럼 저는 절대 기분이 좋아질 수 없는 건가요?"

"착 가라앉는 기분이 학생의 평상시 느낌이죠. 다른 사람들보다 더. 하지만 괜찮아요. 그렇게 가라앉는 느낌이 자주 들겠지만, 학생한텐 그게 정상이에요."

폭포 뒤, 성긴 빛의 그물망 속에서 구미코가 방 가장자리에 나타났다. 구미코는 입고 있던 퀼트 조끼를 매만지더니 당신 손에 앉아 있는 미에코와 함께 앞으로 한 걸음 내디뎠다.

"후미코였어요. 할머니가 저를 후미코라고 불렀어요."

"학생은 즐거울 순 없어도 분별력을 가질 순 있어요." 민디가 말했다.

구미코가 내게 미소 지었다. 마치 내가 한 모든 선택이 보이는 양 계속해서. 그러다 내가 미에코를 묻고 추운 밤 공원으로 걸어가는 모습에 얼굴을 찌푸렸다. 구미코는 마치 내가 방구석에 말없이 앉아 오로지 오빠를 미워하고, 엄마가 보내준 것들을 먹으며, 멀리서 잘 지내는 부모님만 찾아낸 나날을 아는 듯 환히 빛났다. 내가 오직 나를 위해 두 분이 돌아오길 바란 것도. 구미코는 병호가 쓰러지는 모습을 보고만 있었던 나를 지켜봤고, 내가 자기를 우에노로 데려가지 못하는 모습, 차에서 오빠에게 같이 죽고 싶지 않다고 우리끼리도 충분히 더 잘살 수 있다고 말하지 못하는 모습, 그 외에도 번번이 입을 꾹 다물고만 있는 모습을 바라봤다. 잊고 있었던 시간들이 내게 다시 돌아왔다. 데이비스에서 같은 반 아이 하나와 그 친구들이 내 다리 사이를 더듬었던 때가. 자기 눈을 찌그러뜨리며 내 눈 모양을 흉내 내는 남자애한테 죽여버리겠다고 위협해 교장실로 불려갔던 때가. 한국 남해안 출신의 가족 친구라는 안경 쓴 나이 지긋한 남자가 통발에 든 산 장어를 숯불에 구워주겠다며 장어들이 통발 안에서 얼마나 세게 부딪히고 발버둥 치는지를 설명하면서 아무렇지도 않게 흘깃 내 발을 보다가 무릎과 그 위, 배로 훑어 올라가던 시선이 마침내 내 심장 높이에서 고정됐던 때가. 그때 나는 아마도 이 나라의 부드러운 땅과, 내 삶의 쓴맛을 부드럽게 해줄 달큼한 식초 같은 바닷바람이 참 아름답다고 생각하고 있었을 것이다. 나를 해쳤던 것들이 안개 속에 잠긴 나무들과 참기름 묻은 집게, 차분한 미소를 조금도 위협하지 않는 듯 보였기에. 미에코의 새장을 청소하며 또 하나의 짐이라 생각했던 잘못도 떠올랐다. 부모님과 할머니가 나를 절대 말을 안 듣는 아이라 여기도록 한 것도 나고, 누구도 용서하지 못하고, 내가 있는 곳에서 벗어나려 노력하지 않은 것도, 스스로 이런 방 안에 있게 한 것도 나란 사실도.

7

용서와 분별력

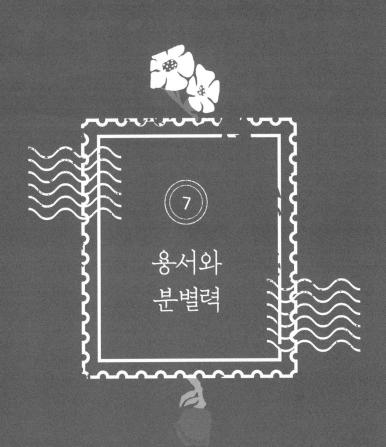

Hi. 은지.

학교 잘 갔다 왔어?
너무 슬퍼하지마.
엄마가 너 너무 일찍 떠나게 돼서 미안해.
Last of my life 엄마도 늘 가슴 아플거야.
그런데,
늘 씩씩 했는데 this time 은지가 너무 많이
슬퍼 하니까 '엄마가 은지한테 큰 죄(sin)를 짓는구나!'
그런 생각이 든다.
미안해. 미안해 ...
그래도 엄마 용서하고 힘내서 잘지내줬음 좋겠어.
은지가 너무 힘든데, 엄마가 은지보고
밝고, 명랑하게. 씩씩하게 살아달라고 하는건 욕심이지?
like a wish
엄마가 한국에 돌아가서도 편지 할께.
은지가 너무 보고 싶을거야.
I want to tell you, "I love. you" and
I want to tell GOD "Thanks to ~~have~~
let me have my daughter Angela"
은지!
don't cry when mom is not with you.
whenever, you lonely or sad than sleep
as you said. right?
우리은지, 지금까지 너무 잘해왔어.
이제 얼마남지 않았어. Keep it up!
만약 은지가 잘지내지 않으면 엄마 last of life가
슬픈게 아니고, 매일매일 regret 하면서 hell 같을거야
은지가 엄마보다 smart 하고 strong 하니까
그래 줄 수 있지? 응? please.
already 15th 니까 12월 3일 까진 only 2½ week
남았어.
우리 "아자아자 Fighting!" 하자. 응?

은지야
엄마는 은지를 너무 사랑하고 또
personly 은지를 좋아해.
이쁘고 사랑스럽고 착하고, 싹싹하고 ...
이다음에 누군지(?) 우리은지랑 결혼하는 놈(?)은
세상에서 제일 복 많은 사람일거야 그치?
은지야,
열심히 살자.
133 years 살아가려면 준비를 해야지.
엄마도 한국에 돌아가서 잘 살께.
Coke은 정말 꼭 먹고 싶을때만 먹고 참을께.
매일 매일 take a walk 하면서 건강하게 지낼께.
Japaness 공부도 열심히 할께.
우리은지도 정말 잘지내야 돼, 알지?
그럼 우리 12월 18일에 만나자.
only a month 남았어.
은지. 안녕

3년. 3년이 지난 3학년 봄 학기. 지난 마지막 학기에 몇 개의 수업을 듣고 과제도 제출했지만, 그건 그저 보여주기 위한 것일 뿐이었다. 아직 여름이 오기 전이었고, 학생들은 화사한 깃털 무늬 스카프를 뽐내며 도시 외곽 순환도로를 내달렸다. 인문학 건물의 한 사무실에서 나의 학업상담 교사 비어트리스는 팔꿈치를 책상에 괴고, 반지를 주렁주렁 낀 손가락으로 종이 뭉치를 탁 쳤다. 책상에 쿵 부딪히는 소리와 함께 그가 다리를 반대로 꼬았다. 한동안은 미동도 하지 않고 있더니 문득 자리에서 일어나 창문을 열었다. 교정의 나무들이 저 아래 다리 건너에 있는 커피숍에서 분쇄한 커피의 향기를 날려 보내왔다. "음, 그렇군요." 비어트리스가 내게 말했다.

"뭐가요?"

"벌레."• 비어트리스가 자기 손바닥을 가만히 살폈다. "아녜요, 아녜요. 어쨌든 우린 학생을 여기 들여놨다가 다시 내보내야 해요, 그쵸? 우리는 내년까지 졸업해야 해요."

비어트리스가 우리란 말을 쓴 탓에, 나는 우리 두 사람 모두에 대해 책임감을 느꼈다.

"여기가 좀 까다로운 부분인데." 비어트리스의 손가락이 종이 위를 휙 가로질렀다. "우리가 정치학 전공이죠? 근데 필수과목인 수학을 수강 안 했고."

"그런데도 제가, 우리가 졸업할 수 있을까요?" 나는 도움을 요청했다.

비어트리스가 미소 지었다. "어떻게 하면 좋을까요?"

"어떻게 하면 좋을지 저도 잘 모르겠어요."

"그러니까 지금 상황이 어떤지는 안다는 거죠." 비어트리스

• bug에는 오점, 결함이란 뜻도 있다.

가 책상 위로 쓰러지는 시늉을 하더니 다시 몸을 일으켜 똑바로 앉았다. "우리 성적이 전보다 더 내려갔어요. 졸업하려면 일단 성적을 끌어올려야 해요."

"어쩌면 더 내려갈지도 몰라요."

"그건 안 돼요. 골치 아파질 거예요, 우리." 비어트리스가 창쪽으로 몸을 돌렸다. "그리고 필수과목은 다 이수해야 해요. 수학 말이에요. 수학. 최고의 언어라고들 하죠. 수학은 신의 언어예요."

"수학이요?" 내가 되물었다.

비어트리스가 내게 물었다. "신의 언어를 대체할 수 있는 게 뭘까요?"

"다른 언어 아닐까요?"

"학생한테만 이 필수과목 요건을 면제해 줄 순 없어요. 그게 학생의 졸업을 막는 한 가지 문제죠. 근데 다른 과목으로 대체하게는 해줄 수 있어요."

"그럼 그렇게 할게요."

"아니고, 아니고, 아니고." 비어트리스가 교과목 목록을 죽 훑어 내려가며 중얼거렸다.

"우리 같이 찾아봐요."

비어트리스가 말했다. "찾았다." 비어트리스는 종이 한 장을 구겨 쓰레기통에 던졌다. 그러곤 다음 장에 적힌 무언가에 동그랗게 표시했다.

내가 물었다. "뭐예요?"

"신의 언어를 대체할 수 있는 게 뭘까요?"

나는 숨을 깊게 들이마셨다. "인간의 언어?"

"시."

"네? 시……라고요?"

비어트리스가 고개를 끄덕이며 다시 자기 의자에 앉았다.

"좋아요." 나는 약간 흥분해서 말했다. "근데 그게 철자가 어떻게 되죠?"

나는 트레일러 강의실 맨 앞자리에 앉았다. 올드리치공원 한 구석에 놓여 있는 선박 컨테이너였다. 강의실 맨 앞자리에 앉았다. 나는 2주 만에 처음으로 샤워한 참이었고 마치 춤 연습에라도 가는 양 청바지에 헐렁한 후드티를 입었다. 바깥에선 학생들이 햇빛이 찬란하게 비추는 경사로를 어슬렁거렸다. 강의실 안은 곰팡이 포자가 카펫을 점령했고, 타일로 된 천장은 온통 습기를 머금고 있었다. 온도계는 망가져 있고, 철로 된 문설주는 마치 우리를 가둬두려는 듯 보였다. 창문 위엔 사라진 나방의 날개만 수두룩이 남아 있었다. 사라진 바퀴벌레의 다리도 눈에 띄었다. 칠판 밑에 있는 뱀 허물처럼 생긴 건 길게 말린 거미줄 타래였다. 누군가의 발에 밟혀 으깨진 크레용도 있었다.

시를 가르치는 강사가 비치 샌들을 신고 나타났다. 문턱에서 머리를 숙이고 들어와야 할 만큼 키가 컸다. 강사는 작업복 바지 차림으로 트레일러 안을 가로질렀다. 웃을 땐 보기 좋은 이중 턱이 생겼다. "자기소개는 필요 없겠죠." 그가 빠르게 말했다. "바로 본론으로 들어갑시다."

조는 「채소」란 시로 수업을 시작했다. 그 긴 시는 아티초크, 아스파라거스, 콜리플라워, 허브, 옥수수, 셀러리, 피망, 감자 따위의 채소 이름을 소제목으로 연이 나뉘어 있었다. 조는 학생들의 어리둥절한 표정을 모른 체하며 우리 열여덟 명에게 합창으로 그걸 낭독하라고 한 다음, 여러 조로 나누어 조별로 다시 읽게 했다. 조별로 이 시에 대한 하나의 정리된 의견을 내놓으려고 머리를 굴렸다.

조는 우리를 가만히 내려다봤다. 우리가 책상을 밀어 도로 제자리에 놓는 동안 강의실이 우르릉댔고, 우리는 치열하게 논쟁했다. 그룹과 그룹이 서로 대결했다. 남학생 하나가 신발을 벗어던지고 일어서서 모두를 논박하다가 마침내 조와 대결하기에 이르렀다. 가장 좋았던 부분은 조가 그의 주장의 허점을 밝혀낸 순간이었다. 그 뒤로 우리는 서로를 그리고 조를 의심의 눈초리로 바라보게 됐다.

조는 애초에 우리가 집단으로 사고하길 원치 않았다. 조가 칠판 밑으로 손을 밀어 넣어 거미줄을 잡더니 결국 분필 하나를 찾아냈다. 조는 우리가 그날 오후에 갓 배운 것들에 대해 고집부리는 모습을 측은히 여겼고, 그 분필을 칠판으로 가져감과 동시에 우리 손에서 이 고집을 걷어냈다. 우리는 이제 조가 또 그럴까 봐 두려워하지 않았다.

우리는 온종일 토론했다. 밖을 보니 순환도로에 가로등이 하나둘 켜지고 있었다. 조는 우리를 지켜봤고 시계가 저 혼자 움직이도록 내버려두었다.

한국 교실의 예절에 따르면 가장 큰 부담을 지는 것은 학생이다. 교사가 애매모호하게 말해도 그걸 이해하는 게 학생의 일이다. 하지만 미국 교실에선 그 책임이 교사에게 있기에 교사는 현명하기보다 명확해야 한다. 학생들은 막막한 심정으로 조에게 의지했지만 조는 그런 우리를 봐주지 않았다. 우리가 길을 잃도록 내버려두었다.

시간이 흐를수록 우리끼리 나눈 그 모든 이상한 말이 트레일러 안에서 편안히 자리 잡았다. 이제 배운 대로 그 말은 관찰할 수 있는 거리에 있었다. 머리 위 스피커에서 종이 울렸지만 우리 중 아무도 움직이지 않았다.

조가 말했다. "단어를 조합하면 이야기가 만들어지죠."

우리는 그 말에 수긍했다.

"그럼 한 단어는 어떨까요?" 조는 저 구름 위에 서서 말했다. "단어 하나엔 역사, 문화, 언어 등 여러분의 경험과 나머지 세상이 들어 있습니다. 단어 하나가 하나의 이야기인 거죠. 우리가 시를 읽을 땐 단 하나의 이야기만 읽지 않습니다. 온갖 이야기를 한꺼번에 다 읽죠."

조가, 다루기에 갑자기 너무 커져버린 시를 가리켰다. 조는 시인은 시 한 편에 전 인류의 역사를 담을 수 있다고 설명했다.

"그냥 저희한테 말해줄 수 없나요?" 누군가가 물었다. "이게 본래 무슨 의미로 쓰였는지?"

조가 얼굴을 찌푸렸다. "본래 의미?"

"이 샐러드 시 말예요."

조가 자기 손목시계를 쓱쓱 닦았다. 조는 시간의 흐름에 저항하지 않았다. 그저 가게 내버려두라고 말하는 것만 같았다. 춤도 시간을 같은 방식으로 다루며 보는 사람을 집중시켰다. "그건 그냥 주어지지 않아요. 매우 어렵게 누릴 수 있는 은총이지요."

조는 우리에게 이번 주 내내 언제든지 수강을 취소할 수 있다고 상기시켰다. 늦기 전에 하루빨리 취소하는 게 좋을 거라고도 경고했다. "모르는 걸 못 참겠으면 얼마든지 가도 좋습니다. 이 수업이 마음에 안 든다고 해서 전혀 문제 될 것 없어요. 아무도 억지로 남아 있게 하지 않을 겁니다."

창문이 삐걱거리는 소리가 우리로 하여금 아직도 트레일러 안에 있음을 일깨워줬다. 불확실성을 두려워하는 이들에겐 도무지 그 시로 들어갈 방법이 없어 보였다.

조는 그 시를 쓴 사람이 자기 스승이라고 했다.

그리고 자기 스승과 그의 어머니, 스승이 그분을 암으로 잃은 일에 관해 이야기해 주었다. 나는 그 시를 다시 읽으며 땅속으로 사라지는 여자를 충격 속에서 지켜봤다.

"채소가요?" 내가 물었다.

조는 고개를 끄덕였다.

내 방으로 돌아와 종이 한 장을 꺼냈다. 거기에 단어를 채워 넣었다. 그리고 두 번 세 번 다시 보며 단어의 순서를 바꿨다. 어떤 조합은 말이 안 됐지만 옳게 느껴졌다. 서로 더 잘 알아야 했고 서로 더 잘 보아야 했다. 그 단어들이 서로를 기꺼이 받아들인다면 어떻게 될까? 나는 스무 페이지를 쓰고 일어나 불을 켜고 다시 책상에 앉았다.

수업은 트레일러에서 일주일에 두 차례 늦은 오후에 진행됐다. 나는 꾸준히 수업에 들어갔다. 첫날 들어온 학생 중 3분의 1이 바로 수강을 철회했다. 하지만 남은 우리들은 자리에서 벌떡 일어나 말하고, 기다리고, 귀 기울였다. 늘 창에 김이 서렸는데 우리는 문을 열고 바람이 들어오게 했다. 수업 막바지엔 하나둘 책상에 이마를 대고 잠들기 직전처럼 아무 말 없이 잠잠해졌다가 누군가의 목소리에 문득 생각이 깨어났다.

"시는 반드시 말해져야만 하는 걸 말하는 겁니다."

"그 이상은 아니란 말인가요?"

"진실은 수식을 배제해요."

"수식으로 진실을 말하기가 더 쉬워진다면요?"

"진실을 원치 않는다면 시는 왜 읽어요?"

조는 벽에 걸린 온도계를 가만히 쳐다보다가 자기 커피잔 뚜껑을 열고 몇 방울 남은 커피를 털어 마셨다. "더 가까이. 우리가 지금 뭘 하고 있죠?"

"논쟁이요?"

"우리는 주의를 기울이고 있습니다." 조가 말했다. 그가 뭐라 말할 때마다 그 말은 우리가 직접 입어볼 한 벌의 옷이었다. 그 옷은 때론 잘 맞았고, 때론 낡고 헐렁했다. "우리는 가까이에서 보고 있어요."

"누구나 볼 수 있지 않나요?"

조가 숨을 깊이 들이마셨다. "모르겠어요. 그러나 관심을 기울여야 해요. 여러분이 여기 남아 이 수업을 한번 들어보겠다고 마음먹은 건 관심을 두고 있기 때문이죠."

스피커에서 벨이 울렸다. 강의실은 다시 조용해졌고, 갑자기 밤이 찾아왔다. 우리는 우리에게 아직 입과 팔다리와 심장이 있다는 사실에 새삼 놀랐다.

나는 미리 요청해 둔 면담 시간에 조와 커피숍에서 만났다. 조가 자기 잔에 커피를 담아 자리로 돌아왔다. 트레일러 밖에선 아무것도 현실로 보이지 않았고, 조도 내 말에 동의했다.

조는 내가 들고 있던 종이 뭉치를 건네받았다. "잠깐…… 시가 총 몇 편이죠?"

"모르겠어요. 한 마흔 편쯤……"

"이걸 다 언제 썼어요?"

첫 수업을 듣고 나선 다시 가지 않을 작정이었다. 내 방으로 돌아가기 전까진 수강 취소를 확신했었다.

"밤새 썼다고요." 조가 웃으며 말했다. "나도 그럴 수 있다면 좋겠네요." 조는 종이 뭉치를 얼룩지게 하지 않으려고 잔을 탁자 가장자리에 내려놓았다. 손에 펜을 쥐고 그것들을 읽어 내려갔다.

조가 내게 물었다. "어머니께서 아직 생존해 계세요?"

나는 고개를 끄덕였다.

"솔직히, 뭐라고 말해야 할지……"

"제가 너무 잔인하죠."

"그보다, 시에서 도량이 안 느껴져요."

그 단어를 들은 건 그때가 처음이었다.

"살아 계신다는 증거가 필요하신가요?"

"내가 그 증거로 뭐하게요?" 조가 정색했다. 그러고는 종이 뭉치를 가리켰다. "사실, 나보다 그 얘길 더 잘해줄 수 있는 사람이 있어요." 그가 손짓으로 내 뒤편 벽을 가리키며 그 너머에 있는 건물 윤곽을 그렸다. 내가 뒤를 돌아보자 그는 나를 안심시켰다. "작문 수업은 이번이 처음 아닌가요? 창작 교육과정 책임자와 만나게 해줄게요. 조이라는 분인데, 그분은 아마 이걸 전부 학생이 썼단 사실을 안 믿을 거예요."

나는 시를 쓰며 캄캄한 어둠 속에서 빠져나왔다. 엄마와 할머니에 관한 시를 수백 편씩 썼다. 오직 내 머릿속에만 있을 것 같은 이야기를 쓰느라 안간힘을 다했다. 시와 미래를 함께하길 바랐고, 오로지 시와만 있고 싶었다. 엄마는 내 목소리를 듣고 싶다는 음성메시지를 남겼고, 룸메이트는 내 방 문을 노크해 초조하게 웃으며 내가 시체로 변한 건 아닌지 확인했다. 사실 그 반대였다. 책상 앞에서 나는 감사함과 살아 있음을 느꼈다.

나는 교정의 한 건물 꼭대기 층으로 이어진 계단을 걸어 올라가 초록 문을 밀고 들어갔다. 사무실 창으로 빛이 쏟아져 들어왔고, 조이가 창을 마주 보는 의자에 앉아 나를 기다리고 있었다. 조이는 짧은 갈색 머리카락에 창백한 피부의 중년 여성으로, 치마를 입고 승마 부츠를 신었으며, 안경은 사슬을 연결해서 목걸이처럼 목에 차고 있었다. 둥그렇게 휘어진 손가락 끝으로 이마를 짚은 모양을 보니, 아마도 깊은 생각에 잠겨 있었던 듯했다.

“여긴 조용해요.” 조이가 말하며 내게 앉으라고 손짓했다. “다행인 일이죠, 난 뭘 쓰건 그걸 소리 내 읽어야 해서요. 학생도 자기 목소리에 귀 기울여야 해요. 그리고 공개적으로 말하세요. 안 그러면 자기가 진짜 무언가를 말하고 있다는 걸 잊게 돼요."

조이는 신속 간결하게 지침을 줬다.

"전부 다 소리 내어 읽어보세요. 그냥 집어 들고 읽어요." 조이는 자기 목을 살짝 만졌다. "그건 여기 있어요." 그러더니 책상 위에 올려둔 내 시들을 톡 쳤다. "여기가 아니고."

조이가 한 쪽을 읽었고, 나는 내 시를 음성으로 들었다.

"어머니는 학생을 어떻게 불러요?" 조이가 내게 물었다.

"은지요."

"학생이 쓴 시를 읽어봤어요." 조이가 책상에서 조금 물러났다. 그러더니 자기 딸에 대해 이야기했다. 내게 사진도 보여줬다. 조이는 사랑이 자신에게 어떤 느낌인지를 무척이나 조심스럽게 말해줬다. "학생의 시들은 용서가 없어요." 조이가 말했다. "어머니를 용서해야 한단 게 아니에요. 실제로 용서하란 말이 아니에요. 하지만 시에서는 그분을 혹은 용서하지 않는 자신을 용서해야 해요. 안 그러면 그건 시가 아니에요."

"도량이 넓어야 한다는 거죠?" 내가 물었다.

조이가 탁자 위에 양손을 올렸다. "맞아요. 도량이 넓어야 해요. 도량만 넓으면 어떤 이야기든 다 해도 돼요. 우리는 시인이잖아요. 안 그래요?"

"우리가 가진 게 많진 않죠."

"시가 있잖아요." 조이가 말했다.

"그럼 우린 단어만 먹고도 살 수 있어요?"

"아뇨." 조이가 웃으며 말했다. "아무도 그렇게는 못 해요."

내가 물었다. "시인은 분별력이 있어야 하나요?"

조이가 위에 내 이름이 적힌 서류철을 열었다. "용서엔 분별력이 필요하지 않아요. 용서는 논리를 따르지 않으니, 분별력이 있어야 한단 생각에서 우릴 해방해 주죠."

조이는 처음 몇 장을 훑어봤다. "지금부터 내가 학생의 지도교수예요. 우리가 학생 전공을 바꿔서 우리 학과 필수과목을 몇 개 추가할 거예요. 수업에 꼬박꼬박 참석해서 과제를 해야 해요. 시간이 굉장히 빠듯해요. 그러니 남은 학기 동안 수업을 꽉꽉 채워 들어야 해요. 여름 내내 여기 있게 될 거고요. 앞으로 큰 수상 기회가 두세 차례 있어요. 오늘 거기 지원할 건데, 이 시들로 하면 돼요. 지금 번역 센터에서 인턴을 하고 있죠? 앞으로 시인들을 만나고, 그분들한테 배우게 될 거예요. 조는 학생이 아주 훌륭하단 걸 알아요. 나도 학생이 성장할 수 있다는 걸 알고. 하지만 내가 지금 하려는 말은 절대 잊으면 안 돼요."

나는 동의했다.

"내가 은지라고 불러도 될까요?" 조이가 물었다.

그 이전에도 이후로도 그 이름으로 나를 부른 선생님은 아무도 없었다.

"하고 싶은 말은 뭐든지 다 해도 돼요. 생각할 거리가 되는 건 뭐든지 다." 조이는 내게 인간 삶의 모든 조건에 대해 끊임없이 용서하고 도량을 베풀라고, 나 자신에게도 똑같이 그리하라고 주문했다. 그는 자세히 보도록 나를 격려했고, 그러면 시가 내게 주의를 기울이고 관심 쏟는 법을 알려줄 거라 말했다. 다른 어떤 것보다 사랑을 선택해야 한다고, 그러면 세상이 내 앞에 열릴 거라고. "이제 알겠어요?" 조이가 말했다. "그래서 시가 그냥 단어들 이상인 거예요. 그래서 시인이 모든 걸 가진 거고요."

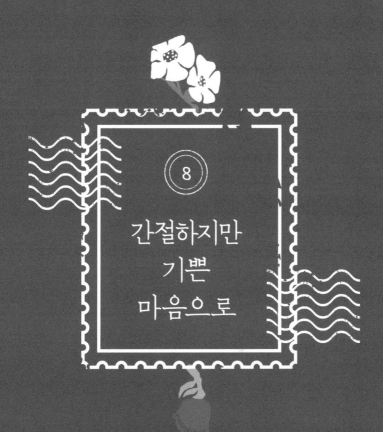

8

간절하지만 기쁜 마음으로

안녕? 이제 더위(Hot 한 weather)가 가고 가을이 왔나보다. 이른 아침 (early morning)이나 저녁으론 꽤 쌀쌀 하구나。
자주 통화는 하지만 볼 수가 없으니 안타깝구나. 엄마도 우리 은지가 많이 보고 싶단다.
아마도 (probably) 엄마가 은지 보고 싶은 마음이 은지가 엄마 보고 싶은것의 10 Times 는 되지 싶다.
지금은 많이 좋아졌지만 (너희들이 어른이 되어서) 전에는 우리 새끼들 보고 싶어서 우울증(mental depression)에 걸릴 뻔 한 적도 있었어.
다 지난 이야기이지! 참 긴긴 세월 (Time)이었어. 이젠 그야말로 과거 (past)가 됐지만,
어저께는 성지 (mission)에 갔었단다
'하우현' 이라는 성당인데 미사보고 하면서 많은 생각이 스치더구나. 옛날에 Camping 갔었던일, 은지를 Macy's 에서 잃어 버렸던 일, 벌이 쏘여서 은지 얼굴 퉁퉁 부었던일, 둘이 같이 이층 목욕탕에서 목욕 (거품내고) 하던일, remember?
길로이 가서 은지가 못 안사준다고 가게 앞에 서서 꼼짝도 안해서 결국 (finally) 사줬던일
Davis 에 너네끼리 살때 엄마가 보고가며 눈물 쏟았던일, 그때는 Sacramento 성당만 가면 어찌나 가슴 아프고 슬프던지 정말 미사보며 많이 울었단다. 엊그제 같은데 벌써 4년전 일이 되어 버렸단다. 이제 엄마는 미사보며 울지

않는단다. 더 옛날에는 사는게 힘들고 그래서
그때는 그때대로 가끔씩 이사올때 눈물을
흘리곤는 했지만 이젠 정말 간절하지만 기쁜
마음으로 이사를 하고 있단다. (acuteness)
이번 편지에는 엄마가 평화 (peace) 라는 말이
하고 싶은가 보다. → Rainbow
John 이도 좋아 보이고 은지도 예전 (before)
보다 많이 안정돼 보여서 너무 좋구나.
엄마도 아빠하고 그 어느때보다 사이좋게 잘
지내고 있고, 세상에 부러울것 (envy)이 없다.
엄마가 할 수 있는 일은 기도 열심히 하고 사회에
봉사 하면서 하나님이 예뻐 하시는 일을 하는거라는
생각이 든다. 물론 미국에 돌아가면 열심히 일은
해야겠지. 우리 은지 대학원도 보내야 하고
창현이도 대학원 가야 하니까 엄마가 열심히
돈 벌어야 하거든. 은지도 이제는 지나간 일은
털어 버리고 너만 생각 하도록 해. 사람 사는일은
늘 지나가는거야. 절대 행복 (happyness)도 불행
도 멈춰 있지는 않아. 그렇게 항상 흐르는거야.
언제나 마음을 편하게 하고 자기 스스로 사랑하며
잘 다독이고 사는거야. "정말 잘하고 있어, 은지야
힘내!" 이렇게 말이야. 알지?
은지! 밥 잘 먹고 술은 덜 먹고 잠은
잘자고 ㅋㅋㅋㅋ 그렇게 잘지내. 안녕
Good luck!
Love mom~

그로부터 2년 후 나는 뉴욕시의 한 대학원에 입학해 난생처음 시 워크숍에 참석하기에 이르렀다. 천장이 높고 좁다란 방에서 서로 처음 보는 여덟 명의 학생이 책상 네 개를 가운데로 밀어 모았다. 석고 천장에 손자국이 나 있었는데 그게 어떻게 거기에 있는지는 아무도 몰랐다. 누군가가 이 건물이 전엔 정신병원이었다고 했다. "왜 여길 절대 나갈 수 없는지 알아?" 그가 속삭였다. "복도와 계단이 출발했던 데로 되돌아오도록 설계되어 있어서야." 아침 햇살에 잠식당한 흰색 식민지풍 창문이 잔디를 내려다보고 있었다. 나는 학교에 다니며 시를 읽고 쓰는 게 좋았다. 운 좋게도 유니언스퀘어에서 인턴십을 하고 148번 가街에서 방을 하나 빌려 심리치료사, 신경과학자와 한 아파트에 살았다. 어떤 날은 밤에 너무 지쳐 수돗물로 허기를 달래고 일찌감치 잠자리에 들었다. 언젠가 아빠는 자기 군대 경험상 지치고 배고플 땐 음식보다 잠을 택하는 게 인간의 본능이라 했다.

어바인에서 대학을 졸업하고 나서 1년이 지났을 때 부모님은 이 나라를 떠난 지 7년 만에 캘리포니아로 돌아왔다. 뉴욕으로 떠나려고 짐을 싸는데 엄마가 전화를 걸어 내게 말했다. "네 오빠가 우리랑 말을 안 하려 해서 이젠 그만 돌아가려고." 아빠는 자기 아이들을 잃어버릴까 봐 두려워했다. 엄마는 내가 괜찮으리란 걸 알았지만, 오빠는 더는 기다리지 못했다. 오빠가 전화한 날 아빠는 두 분이 이제 그만 돌아갈 거란 소식을 알렸다.

엄마가 하는 말을 듣고 나는 들고 있던 물건들을 내려놨다. "그게 다야?"

"네 오빠가 아빠한테 자기한텐 부모가 없다고 했대."

"오빠가 그 말만 했어?"

"그게 다냐니, 그게 무슨 말이야?" 엄마가 되물었다. "첫 계약은 3년, 그다음 2년, 그리고 또 2년. 네 아빠는 우리한테 할 만큼

했어. 휴일도 없이 일하고, 밤에도 상사 술 시중드느라 맨날 늦게 들어오고. 더 있다간 다른 사람들처럼 간이 작살나겠어."

나 역시 아빠가 하는 일을 모르지 않았지만 그렇다고 엄마의 걱정에 공감한 건 아니었다. 나는 아빠의 희생을 원망했다. 오빠가 나중에 밝히길, 한국에서 온 제의를 받아들이라고 아빠를 부추긴 사람이 바로 자기라고 했다. 심지어 아빠에게 자기가 날 잘 돌보겠다고 약속했다. 아빠가 한국에서 일하는 것에 절대 화가 나지 않았다. 두 분이 거기에 몇 년 더 있겠다고 하기 전까지는. 부모님이 그 일을 놓기 두려워 우리한테 돌아오지 않은 거였다. 오빠는 말했다. "나는 절대 두 분처럼 살지 않을 거야."

나는 목청을 가다듬었다. "이모는 어떡하고? 삼촌들은?"

"그러게. 또 어떻게 두고 떠날지. 그래도 너는 엄마 보러 올 거지? 네가 다시 학교에 다닌다니 엄마가 얼마나 자랑스러운지 알아? 말도 못하던 때가 있었는데. 글도 못 읽고 시계도 볼 줄 몰랐지. 기억나?"

아빠의 회사가 대학원 비용까진 대주지 않았기에, 나는 학교에 다니며 시를 읽고 쓰는 단순한 생활을 위하여 10만 달러를 대출받았다. 나는 나라 반대편으로 떠날 것이다. 두 분과 함께 살지 않을 것이다. 엄마가 자기가 돌아와서 기쁘냐고 내게 물었을 때, 나는 행복하다고 할지 말지, 무슨 대답이든 한다면 그게 정말일지 아닐지 종잡을 수 없었다. 나는 학교를 잠시라도 벗어날 생각이 없었기에 전화기를 붙잡고 엄마가 하염없이 떠드는 소리만 말없이 듣고 있었다. 꼭 감옥에 갇힌 사람처럼 어둠 속에서 끝없이 뱉어내는 소리를.

나는 천장에 난 손자국을 올려다봤다. 사람들은 모두 우리를 가르칠 유명한 교수에 대해 이야기했다. 운 좋게도 그 교수가 웨스트빌리지를 돌아다니는 모습을 본 사람도 있었다. 나는 그에 대해 들어봤다거나 그의 시를 읽어봤다고 말할 수 없었다. 교수는 손에 도넛을 들고 어슬렁어슬렁 걸어 들어와 탁자 끝에 있는 의자에 앉았다. 조각 같은 얼굴과 윤기 나는 백발에 캐시미어 목도리를 두른 모습이었다. 교수는 물잔이라도 쥔 양 빈손을 빤히 들여다봤다. "도넛이 먹고 싶어서 늦었어요." 그러더니 또 한 입 베어 먹곤 실내를 둘러봤다. "모두 시를 쓰기 전엔 뭘 했는지 말해주세요."

법대에 다녔다는 사람도 있고, 가족 사업을 했다는 사람도 있었다. 누군가는 자기 부모님이 시를 읽고 집에 책도 많다고 했다. 항상 시를 쓸 생각이었다고 했다. 나는 엄마가 영어로 쓰인 책을 읽는 모습은 한 번도 본 적이 없었다.

도넛이 교수의 입 주위에 둥그렇게 부스러기를 남겼다. 교수는 냅킨으로 입과 손을 닦았다. 내 차례가 왔을 때 나는 "아무것도요"라고 대답했다.

교수가 내게 말했다. "학생을 제외하고 나머지는 전부 엄청난 실수를 한 거예요."

방 안에선 웃음이 터져 나왔지만, 교수는 진지한 얼굴로 우리를 응시했다.

"여러분한테 시보다 더 나은 할 일이 있다면, 그러니까 다른 건 거의 뭐든지 다 지금 당장 여러분이 하고 있어야 하는 일이에요." 교수는 모두를 향해 이렇게 말하더니 내게로 몸을 돌렸다. "달리 있을 곳이 없어요?"

"없어요." 내가 대답했다. "아무 데도."

"학생은 선택을 잘했어요. 시가 무無보단 나으니까. 근데 의지

할 곳은 없을 거예요." 그는 더는 묻지 않으려 조심했다. 자신감 넘치고 예리한 다른 사람들 앞에서 내가 당황한 사실을 감지한 것이리라.

교수는 냅킨을 꺼내 자기 손에 펼쳤다. "저는 여러분 모두에게 솔직할 겁니다."

우리는 서로를 쳐다봤다.

교수가 학생들에게 말했다. "다른 게 있다면, 다른 일을 할 수 있다면 그 일을 놓치지 마세요. 여러분은 대부분 그 일을 하러 돌아가게 될 겁니다."

교수는 미심쩍은 눈초리로 한 사람 한 사람 바라봤다. "자, 그럼 이제 여러분이 써 온 시를 본격적으로 한번 파헤쳐 봅시다."

나는 대부분의 시를 148번 가에 있는 내 방에서 단숨에 썼다. 그걸 계속 소리 내어 읽고 있자니 나중엔 말이 하나도 안 되게 들렸다. 남은 거라곤 오로지 충동뿐이었다. 어바인에서 구미코 할머니가 돌아가신 사실을 알고는 화장실에 들어가 문을 잠근 채, 누가 날 죽이러 오고 있다고 확신했을 때처럼. 그때 실재한 건 오직 숨고 싶다는 충동뿐이었다. 그림자 칼, 흰 덮개로부터 말이다. 이 충동은 나로 하여금 나의 말이 무슨 최종적 진리이기라도 한 양 쓰게 했다. 그러느라 고작 하루이틀 잠을 안 잤을 뿐인데 몇 달간 아팠다. 심리치료사 룸메이트는 길 건너 이탈리아 식당에서 지배인으로도 일했다. 가끔씩 내가 비틀거리며 카운터에 나타나면 룸메이트는 붉고 노란 토마토소스로 만든 펜네파스타를 내 앞에 내놓았다. 그러곤 내가 포크로 파스타를 한가득 집어 입에 넣는 모습을 지켜보다가 다른 식탁으로 터벅터벅 걸어갔다. 나는 접시를 핥은 후 서둘러 식당을 빠져나갔다. 나는 다른 사람을 걱정하게 하는 버릇이 있었다.

우리의 두 번째 시 워크숍을 맡은 교수는 노아라는 이름의 아일랜드 시인이자 번역가였다. 흰 수염을 기른 노아는 우리에게 다정하게 말했다. 다른 교수들과는 달리 우리 시에 귀 기울였다. 우리는 아쉬운 얼굴로 바닥만 빤히 쳐다보고 있는데, 노아는 마치 우리가 쓴 시들이 이미 완벽한 것처럼 또렷하게 듣고, 그 진실과 중요성을 우리 자신보다 더 잘 인식했다.

노아는 학생들에게 다른 언어로 된 시를 하나 골라 영어로 번역해 오라는 과제를 냈다. 시 번역은 생전 처음이었다. 나는 사전을 활용해 어느 한국 시인의 시를 번역했다. 시인은 엄마의 고등학교 동창으로 엄마와 언론 동아리를 함께 한 적이 있는 사이였다.

노아는 수업 말미에 우리가 다른 언어를 잘 알든 모르든 번역을 해야 하는 이유는 우리 시에 도움이 되기 때문이라고 강조했다. 노아가 나한테 직접 말하는 듯했다. "좋은 시인이 되고 싶다면 시를 쓰세요. 하지만 훌륭한 시인이 되고 싶다면 번역을 하세요"라고.

그 외의 말은 하지 않았다.

같은 날 대학원 사무실에 들러 번역을 복수 전공으로 올렸다. 전공을 하나 더 추가할 수 있는지 문의했는데 그러면 학업 부담이 너무 커질 거라는 경고를 받았다. 대학원 사무실 앞 잔디밭을 가로지르면 나오는 건물에서, 일주일에 두 번씩 받는 일대일 개인교수를 신청했다. 보통은 학부생을 위한 혜택이지만, 그곳

사람 누구도 반대하지 않았다. 나는 내 학위 요건을 확인하고 한국어 사전도 하나 샀다.

인턴십 일은 집으로 가져와서 처리했다. 학교에선 워크숍과 개인교수에 꾸준히 나가고, 전철에서 책을 읽고, 저녁에 시를 썼다. 남은 담배를 세며 전기담요를 켜고 침대에 드러누워 워크숍 때 마시다 남은 포도주를 병째로 들이켰다. 그러다 길모퉁이에 열려 있는 식품점에서 통조림 수프와 라이터를 사 오곤 했다. 아침이면 같이 사는 심리치료사가 잠긴 내 방문 앞에 물을 놔뒀다. 그 물잔을 보면서 나 때문에 밤새 잠을 설쳤을 그 친구를 생각했다.

다음 학기엔 학교에서 제공하는 유일한 번역 세미나를 추가했다. 내 안에 오래도록 남을 그 세미나에선, 빈손으로 산속에 들어갔다가 세월이 흐른 뒤 답을 찾고 내려온 고대 시인들의 작품을 함께 번역했다.

노아가 내 시를 읽었다. "이 행들 말이에요." 그가 말했다. "'무슨 말을 하면 좋을지 한 달 동안 궁리했어요./ 목에 얼마나 자주 부엌칼을 들이대며 이렇게/ 결혼을 끝장내버리겠다고 했는지. 신을 위해 당신은 얼마나 더 많은 등불을/ 밝힐까요. 난 당신의 눈을 보고 알았죠, 당신은 한 번도 신을 본 적이 없다는 걸./ 줄기차게 나를 당신에게 묶어놓는 이 포기와 조심스러움과 안도의 느낌을/ 당신은 뭐라 부르나요?'" 노아는 잠시 멈췄다. "얼마나 멋진 표현이에요!"

"모르겠어요, 혹시……"

"시가 뭘 할 수 있을지 학생은 몰라요. 그저 부드럽게 대해요. 설령 실망스러운 맘이 들더라도. 어차피 그냥 내버려두는 수밖에 없어요." 노아의 경탄 덕분에 내 시가 자기부정으로부터 보호받았다는 걸 생각하면 나는 참으로 운이 좋은 사람이었다.

나는 손으로 입을 가렸다. "제가 어떻게 좋은 시인이 될 수 있을까요? 아직 좋은 사람이 되는 법조차 모르는데."

노아는 단호히 말했다. "학생은 그냥 준비만 하고 있으면 돼요."

우리의 유명한 교수는 학생 면담을 웨스트빌리지의 한 간이

식당에서 했다. 교수는 내가 학기 내내 쓴 시들을 읽고 나서 마지막으로 나와 만났다. 가느다란 목에 짙은 모직 목도리를 두르고 나타난 그는 커피를, 나는 핫초콜릿을 주문했다. "수업 땐 절대 안 할 말들을 시에서는 꽤 큰 소리로 하더군요." 교수가 칸막이에 등을 기대며 내게 물었다. "신을 믿어요?"

"모르겠어요." 내가 답했다. "가톨릭교회에 다니며 자라긴 했어요."

"학생의 시엔 여전히 신이 있어요." 교수가 말했다.

"어떻게 신에 대해 말하지 않을 수 있겠어요?"

"만약 신이 실재하지 않으면요?" 교수가 물었다. "우린 어떻게든 그 사실을 받아들여야 해요."

"하지만 설계가 있잖아요. 세상은 설계에 따라 만들어졌어요."

"그게 신의 존재를 증명하진 못하죠." 교수는 우리가 마신 음료 값을 계산하고자 반짝이는 신용카드를 식탁에 올려놨다. "의미를 만드는 데 꼭 신이 필요할까요?"

애초에 하고 싶었던 말이 무엇이었든 간에 교수는 그걸 내게 전달하려는 노력을 중단했다. 어떤 생각에든 지나치게 몰두하는 문제를 피할 수 없었다. 한동안 우리는 말없이 앉아 있었다.

"내 말은 그저, 설령 신이 존재하지 않는다 해도 그렇게까지 끔찍하겠냐는 거예요." 교수가 말했다.

"우리가 그 점을 궁금해하지 않게 된다면 그럴 수도 있죠."

우리는 남은 음료를 마저 마셨고 나는 그를 따라 밖으로 나왔다.

"다시 과거로 돌아갈 수 있다면 내가 시를 택할지조차 잘 모르겠어요." 그가 말했다. "앤절라 학생은 열심이 지나친 것 같아요. 시는 그냥 시예요. 사실 나도 그렇게까지 행복하진 않아요."

헤어지면서 교수는 내게 좀 천천히 스스로 해답을 찾아보라고 조언했다. 어쩌면 내가 찾는 해답이 내 시가 아닌 다른 곳에 숨겨져 있는지도 모른다고. 자신은 산책을 하거나 부엌에 들어가 자기가 먹을 음식을 만드는 등 다른 일에 몰두했다고. 나는 그를 떠나보내고 나서야 그의 경고를 들을 수 있었다. 교수는 글쓰기 외에 다른 일들을 하면서 시가 뭘 위한 건지, 자신이 어떻게 살아야 했었는지를 깨달을 수 있었다고 했다.

그날 밤 나는 148번 가의 내 방에서 창밖을 바라보다가 어느새 책상에서 하던 일은 무시하고, 가게들이며 집들이 문밖으로 온갖 물건을 토해내는 모습을 지켜봤다. 전구 장식이 감겨 있는 나무와 냉장고, 옷걸이가 삐져나온 쓰레기봉투, 앙증맞은 튜브 수영장, 보도로 뛰어나오는 아이들, 찐만두가 담긴 쟁반, 오보에와 현악 사중주단 연주, 이브닝드레스 진열대, 자동차와 군중과 공사장 너머로 오가는 우렁찬 목소리를.

나는 침대 발치에 앉았다. 아직 준비되지 않은 무언가를 하려고 용기를 그러모으고 있었다. 눈을 감으니 미에코의 날개가 내 뺨을 스쳤다. 엄마가 전화했지만 나는 받지 않고 벨 소리만 듣고 있었다. 자정에 구급차 지나가는 소리가 들렸다. 내 방 위로 붉은 깃발이 펄럭이다 사라졌다. 경적이 길고도 요란하게 울렸다.

나는 생전 처음 걸어보는 전화번호를 눌렀다.

"지금 어디예요?" 남자 목소리가 물었다.

"집이요." 내가 답했다.

"거기 얼마나 오래 있었어요?"

내 또래쯤으로 들리는 목소리였다.

내가 말했다. "오늘이 제 생일이에요."

"이렇게 전화해 줘서 다행이에요." 그가 말했다.

"자살 예방 상담 전화인가요?"

"네."

얼굴을 닦고 보니 셔츠에 검은 눈물 자국이 나 있었다. 숨을 쉬기가 힘들었지만 왜 하필 지금 이런 일이 일어나는지 이해할 수 없었다.

"괜찮아요?" 그가 물었다.

"전화한 사람들한테 무슨 말을 하는지 알려줄 수 있나요?"

"물론이죠. 얼마든지 해줄 수 있어요."

"좋아요. 말해주세요."

"음, 우선 당장 위험한 상태가 아닌지 확인하는 차원에서 지금 어디에 있는지 물어봐요." 사려 깊게도 그는 나를 포함하지 않고 설명했다. "주변에서 무슨 일이 일어나고 있는지도 물어보죠. 만약 더 나은 곳으로 이동할 수 있다면 도움이 돼요. 그렇게 안전한 곳으로 이동하고 나면, 자신을 괴롭히는 문제가 정확히 뭔지 물어보죠. 문제를 알면 항상 방도를 마련할 수 있으니까요."

나는 주변을 둘러보았다. 그러고는 담요를 끌어당겨 다리를 덮었다.

그에게 물었다. "이름이 뭐예요?"

"벤이요."

벤은 아마 20대였을 테고 전혀 막힘이 없었던 것으로 보아 열심히 교육받았을 것이다. 천천히 말했고, 목소리가 편안했다. 나는 직접 보면 그가 어떻게 생겼을지 궁금했다.

"사랑에 빠져본 적 있어요?" 내가 물었다.

"그럼요. 그쪽은요?"

"그런 것 같아요…… 그랬길 바라요."

"오늘 무슨 계획이라도 있어요?"

"있었죠." 내가 말했다.

"내일은요?" 그가 물었다.

"집에 가고 싶어요." 내가 말했다. "갈 수…… 있을까요?"

우리의 유명한 교수는 학생들에게 자기 신간을 한 권씩 선물했다. 그 안에서 나는 신을 찾았고, 그게 나를 괴롭혔다. 그 교육과정을 마친 뒤 교수의 사망 소식을 들었는데, 그가 내게 엄청난 가르침을 준 것도 그때였다. 그는 그저 위대한 시인이 아니라 다른 사람들에게 자기 삶을 통해 자신의 위대함을 보여줌으로써 그들이 제 안에도 그런 위대함이 존재할 수 있단 믿음을 품게 한 사람이었다.

"삶을 마감하고 싶은 충동을 어떻게 없애야 할지 모르겠어요." 나는 벤에게 말했다. "전엔 한 번도 그런 생각을 진지하게 해본 적이 없어요. 어쨌든 잘 살아가는 것과 그냥 살아 있는 건 분명 다르겠죠. 전자는 포기할 수 있지만, 후자는 도무지 그게 안 돼요. 어쩌면 그게 좋은 소식인지도 모르죠. 잘 살든 못 살든 내가 삶이란 게."

벤의 목소리가 내게 닿으려 안간힘을 썼다. 그는 제발 전화를 끊지 말아달라고 내게 애원했다.

9

오직 우리뿐

안녕? 사랑하는 우리 딸에게 오랫만에 편지를 쓴다.
바쁘게 잘지내고 있다니 정말 고마운 일이구나.
사실 편지 쓰는게 참 어려운데 은지 덕분에 엄마가 글쓰기
연습을 하는것 같다. 갑자기, 은지가 엄마 편지 보는 재미도
있지만 엄마한테 글을 쓸 기회를 줄려고 그러는게 아닌가
생각이 들었다. 그렇다면 그 또한 고마운 일이지!
지난 주말 (last weekend) 에는 아빠하고 대전이모 하고
같이 연꽃 (Latus) 구경하러 갔었어,
부여라는 곳인데 대전에서도 1시간 30분 이나 걸리는 곳이 있구,
360000 sq feet 이나 되는 넓은곳에 온통 연꽃 투성이었어.
나중에 사진 보여줄께. 예쁘고 멋있고 그랬어.
옛날 우리나라 백제시대에 왕(king)의 정원 (garden) 이었대.
이모가 많이 가보고 싶어 했는데 이모부가 어디 안다니시니까
우리랑 간거지. 그 연꽃잎에 싸서 밥을 해주는데 가서
점심도 먹고 일요일엔 친구들 만나서 놀고 재미있게 잘 지냈단다.
엄마 너무 새끼들한테 미안할만큼 잘놀고 있지?
그런데 그곳 날씨 (weather) 는 어떠니?
여긴 정말 덥단다. 정말 더워, 매일 100°F 가 넘는것 같애.
그리고 알지? Sticky 하고 wet 한 느낌 말이야.
그래서 엄마 머리 ~~커트~~ cut 했단다. 짧게.
사람들이 젊어 보인대. 호호호 그러면 됐지!
어저께 전화 중에 은지 목소리 들으니 좋더라.
이젠 많이 안정되고 (stability or stabilization) 차분해진게
느껴졌단다. 정말 다행이야. • keep equilibri
근데 너무 바쁘게 생각 하지마. 물론 • 아니면 calm
시간이 아주 많은건 아니지만
take your time in doing your work.
뭐든 너무 힘들게 생각하면 그만큼 힘들어 지는거니까. 그치?
정말 은지가 기특하게 (admirable) 잘 자라 주었어
엄마는 우선 하느님께 감사하고 우리은지에게 thank 한다.
부디 (please) 몸조심 하고 밥 잘먹고 그래야 해. 알지?
또 쓸께. bye bye 2010. 08. 10

* 세상은 재미 있는 곳이다.
우리는 남들한테 이기거나 지려고 태어난것이 아니라
내 몫 만큼 즐겁게 살려고 온것이다.

* 코끼리는 자기코를 무겁게 여기지 않는다.
그게 자신의 운명 이고 책임이라면
무거울리 없고 destiny responsibility
fate
중요할 뿐이다.

* 우리가 보는것은
우리가 찾는것에 따라 달라진다.

* 신은 회초리가 아닌 시간으로 인간을 단련시킨다.
a switch training
discipline

* 어떤 불행속에도 행복이 숨쉬고 있다.
어디에 좋은 일이, 어디에 나쁜일이 있는지 우리가
모를 뿐이다.

* 자신을 사랑하면 모든것이 제대로 굴러간다.
무언가를 성취하고 싶다면 진심으로 자신을 사랑하라.
accomplishment

* 얼굴은 책과 같아서 사람들은 내 얼굴에서 나를 읽는다
(늘 좋은 마음으로 평화(peace)를 지키며 살면
얼굴 표정도 좋아진다)

m 위에 써놓은 말들은 엄마가 읽는 '좋은 생각'
이라는 책에 나온 것들이란다.
잘 새겨서 읽으면 도움이 될거야.

"I Love You, Eun Ji"

and miss you.

아빠가 회사를 그만두고 나서 두 분은 캘리포니아에 있는 집을 팔고 저축한 돈을 털어 워싱턴주에 작은 모텔을 하나 샀다. 내가 로비로 걸어 들어갔을 때 부모님은 손님들에게 차를 접대하고 있었다. 엄마는 영어와 몸짓을 섞어 손님들에게 자기 딸을 만나보겠냐고 물었다. 아빠는 미국인이 사생활을 중시한다는 사실을 알았기에, 그쪽에서 먼저 부르지 않는 한 절대 그들의 방문을 두드리지 않았다. 하지만 엄마는 개의치 않고 문을 두드리며 로비에 있는 갓 튀긴 도넛만큼 긴급한 일이 없다고 고집했다. 손님들은 엄마를 좋아했지만, 엄마는 세탁실에서 일하는 사람들을 위해 크고 맛있는 도넛을 따로 챙겨두었다. 그곳에서 엄마는 자신이 세탁소에서 몇 년 동안 일했던 시절에 겪었던 재미있는 이야기를 들려줬다. 엄마가 화장실에서 흐느끼며 주먹으로 눈물을 훔치다가 다시 엉엉 우는 시늉을 하면 사람들은 도넛을 베어 먹다 말고 깔깔 웃음을 터뜨렸다. "앞으로 사는 게 점점 나아질 거예요." 엄마는 세탁기 위에 걸터앉으며 말했다. "자, 날 봐요. 맞죠?" 손님들은 길 건너 고급 호텔을 포기해야 했지만, 모텔은 가족 투숙객에게 안성맞춤인 곳이었다.

부모님이 이 나라를 떠난 지 9년이 지났을 때 대학원을 졸업한 나는 뉴욕시를 떠나 시애틀 근처의 섬으로 이사했다. 그곳 아파트에서 마침내 두 분과 다시 함께 살기 위해서였다. 섬은 우리 눈동자처럼 새까만 블랙베리 가시덤불이 무성하고, 장난감 배가 워싱턴호수를 가로지르는 진짜 배의 물결에 물가로 밀려오고, 길 위로 눈부신 새 아스팔트가 깔린 곳이었다. 나는 주중에 지역 글쓰기 센터에서 시를 가르쳤다. 나보다 연장자인 학생들은 불신에 찬 눈으로 나를 바라봤다. 그러다 마지막 수업 땐 마음의 빗장을 완전히 풀고 내게서 의심의 눈초리를 거둬들였다. 가르치는 일을 하면서 짐을 다 푸는 데는 몇 달이 걸렸다. 내겐 상자 하나를 푸는 일도 큰 숙제였다. 어느 날 밤 서류철을 정리하는데 엄마가 나를 부엌으로 불렀다. 엄마는 아빠에게 줄 고등어를 굽고 있었다.

아빠는 내 귀에 들리도록 엄마에게 불평했다. "아파트에 냄새 밴다고 생선 요리는 절대 안 해주더니 딸이 오니까 하네."

"둘이 먹자고 하긴 좀 그러니까." 엄마가 발랄한 목소리로 대꾸했다. "이제 셋이니까 맛있는 것도 먹어야지. 9년 만이라니. 믿어져?"

"앞으로 생선은 원 없이 먹을 수 있겠구나." 아빠가 껄껄거리며 웃었다.

내가 엄마에게 영어로 물었다. "딥프라이드Deep-fried?"

"아니. 팬에 굽는 거야." 엄마가 영어로 답했다. "팬프라이드Pan-fried."

아빠는 길 건너에서 공사하는 모습을 지켜봤다.

엄마는 모텔을 리모델링해 보면 어떻겠냐고 제안했다. 그러더니 내게 말했다. "너는 하나도 안 바뀌고 그대로야. 근데 한국어 실력은 꽤 늘었네."

"나 생선 안 좋아해." 내가 말했다.

"생선을 안 좋아해?" 엄마가 되물었다.

"옛날부터 그랬는데."

"아." 엄마가 잡고 있던 팬을 놨다. "정말이야?"

식탁을 차리던 아빠가 조용해졌다.

"그럼, 밖에 나가서 먹을까?" 엄마가 제안했다.

아빠가 차분히 말했다. "우리끼리 먹으면 되지."

엄마가 내게 말했다. "너무 깊이 생각하지 마."

"나 배 안 고파." 내가 말했다.

"이거 정말 맛있어." 엄마가 내게 말했다. "하루 내내 종종거리며 일하다 집에 와서 다 같이 먹으려고 음식까지 했는데, 이런 엄마가 안쓰럽지도 않니?"

아빠가 내게 물었다. "넌 앞으로 무슨 일을 하고 살 거냐?"

나는 그 질문에 놀라지 않을 수 없었다. "이미 일하잖아."

"아니, 그건 일이 아니지." 엄마가 식탁에 앉았다. "너는 시를 가르치고 있잖아."

아빠가 잠시 말을 멈췄다가 다시 말했다. "일을 하지 않으면 제대로 된 사람이 아니야." 아빠는 모든 길이 일로 이어져 있다고 믿었다. 저마다 인생의 어떤 지점에서 해야 하는 일이 있다.

일은 바뀔 수 있지만 일하는 것 자체는 그럴 수 없다. 모든 기쁨은 일을 통해 얻는 것이어야 한다. "일은 목적을 주고, 그게 고통을 없애줘." 아빠가 말했다. "우리 일은 모텔인데, 네 일은 뭐냐?"

나는 두 분이 의미 있는 일로 인정할 만한 일을 어떻게 찾을지 혼란스러워졌다. "일." 아빠는 그걸 마치 우리 삶에서 유일하게 신뢰할 수 있는 단어인 양 말했다.

모텔 운영은 두 분에게 꼭 맞는 일이었다. 모텔에서 처리해야 할 일의 목록은 끝이 없었다. 부모님은 은퇴하고 편히 살 수도 있었지만, 마치 과거가 미래에 복수라도 하러 올 것처럼 정신없이 내달렸다. 두 분이 모텔에서 배수관과 막힌 변기를 고치는 동안 나는 글쓰기 센터에서 오후를 날려 보냈다. 엄마가 물었다. "시는 왜 쓰는 거니? 너한테 자신감을 주고 널 당당하게 해주는 일을 해야지. 자기 자신에게도 의지하지 못하면서 어떻게 시에 의지해?"

요리하고 싶은 마음이 사라진 엄마는 외식을 하자고 했다. 엄마는 방방이 다니며 불을 끈 뒤, 컴컴한 복도에서 내게 물었다. "계속 일을 안 하면 어떻게 되는 줄 아니? 네 아이들이 널 무시해."

함께 살면 서로를 보는 일이 불필요해지는 듯했다.

≋

아침에 여태 남은 짐을 푸는데 투명한 플라스틱 상자가 하나 나왔다. 신발 상자보다 작은 그 상자는 얇은 종이로 채워져 있었다. 상자를 흔들어보니 둔탁한 소리가 들렸다. 바닥에 깔려 있던 건 다름 아닌 편지 꾸러미였다. 엄마가 한국에서 보낸 편지들이었다. 오래전에 버린 줄로만 알았던. 아마 언젠가 다시 읽어보려고 보관해 뒀을 것이다. 그땐 지금처럼 한국어를 잘 읽을 줄 몰랐더랬다. 그래서 미처 다 읽지도 못하고 봉투에 도로 집어넣어 상자에 넣어둔 거였다. 몇 통인지 세어보니, 총 마흔아홉 통이었다.

내가 부엌에서 하려 했던 말은 여섯 살 때부터 생선을, 그 하얀 살점과 바삭한 껍질을 좋아했다는 것이었다. 그러나 너무 오랫동안 그걸 기다려온 탓에 그 부드러운 살점의 이미지는 이제 다 썩어 없어지고 화석이 될 뼈만 덩그러니 남아 있었다. 부엌에서 언쟁을 벌였을 땐 내가 잃어버린 것에 대해 말하고 있었다. 편지 아래쪽 잉크를 번지게 한 오래된 물 자국 탓에 내가 편지들을 읽을 수 없었던 때처럼. 문제는 손상이 아니라 원인이었다.

그게 어린 날의 내가 종이 위의 글자를 어루만지며 흘린 눈물이란 걸 알아챈 탓이었다.

≋

시애틀아시아미술관 계단에서 만나기로 한 사람을 기다리는데 이슬비가 조금씩 내리기 시작했다. 엄마의 편지를 담은 큰 봉투가 비에 젖지 않도록 어린아이처럼 코트로 감싸안았다. 길 쪽에서 드르르 소리가 들리더니 자동차 한 대가 계단 앞으로 스르륵 와 내 앞에 멈춰 섰다.

나는 졸업을 앞두고 논문을 심사위원회에 보냈다. 내 시는 우리 과의 내 지도교수와 다른 한 교수가 통과시켰지만, 시 번역은 내가 한 번도 만난 적 없는 사람이 심사했다. 학교가 한국어 번역가를 고용해 내 번역을 읽게 한 것이다. 번역가의 이름은 대희였다. 그 밖엔 그에 대해 아는 바가 거의 없었다.

전날 밤 대희는 내가 이 도시에 도착하고 나서 보낸 이메일에 답장을 보내왔다. 그는 놀랍게도 오래전부터 시애틀에 살고 있었고, 미술관에서 나와 직접 만나는 데도 동의했다. 내가 엄마의 편지에 대해 말하니 흔쾌히 자기가 봐주겠다고 했다.

운전석 쪽에서 누군가가 모습을 드러냈다.

긴 풀오버스웨터를 입은 여자가 내 쪽으로 슬그머니 다가왔다. 여자는 드문드문 새치가 섞인 검은 머리를 짧게 치고 두꺼운 안경을 썼는데, 어깨엔 한국 잡지가 담긴 캔버스백을 둘러메고 있었다. 그제야 나는 내가 잘못 생각했음을 알아차렸다. 내가 읽은 이름은 대희였지만, 그건 글자가 잘못 인쇄됐거나 내가 잘못 읽은 것이었다. 그의 이름은 다희였다.

"다희예요." 그가 자신을 소개하며 나를 포옹했다. "가셨을 만한 데를 이리저리 생각해 봤었는데, 바로 시애틀 우리 집 앞에 와 있었네요." 다희가 웃으며 우산을 꺼냈다. "다 젖겠어요. 따라오세요."

다희는 나를 데리고 미술관 마당과 아치 모양으로 늘어선 참나무 사이를 지나 50에이커에 이르는 넓이의 공원으로 들어갔다. 가시덤불이 무성한 숨겨진 산책로를 지나면서는, 블루베리 덤불의 뾰족한 이파리를 조심하라고 일러주었다. 키가 내 어깨높이 정도인 그는 내게 우산을 씌워주려고 팔을 높이 쳐들며 말했다. "이렇게 만나는 게 정말 특별하지 않아요?"

우리는 원형으로 된 붉은 벽돌탑 쪽으로 다가갔는데, 다희가 담쟁이넝쿨이 덮인 벽을 따라 돌아 작은 통로로 나를 이끌었다. 그 탑은 물탱크라고, 적어도 자신은 그렇게 들었다고 했다. 꼭대기에 올라가면 달리아 정원과 비단잉어 연못을 볼 수 있다고도 했다. 그러곤 내 손을 꼭 쥐며 "제가 정말 좋아하는 곳이에요"라고 덧붙였다.

탑 안으로 들어가며 다희가 전망대까지 올라가는 총 107개의 나선형 계단을 가리켰다. 이제 밖에서 빗방울 소리가 들리지 않는 것으로 보아 비가 그친 듯했다. 나는 난간을 꼭 붙들고 다희를 따라 긴 계단을 올라가기 시작했다. 주위엔 오직 우리 발걸음 소리만이 가득했다.

"나도 나이 들어가나 봐요." 꼭대기에서 다희가 피식 웃으며 말했다. 조망을 위해 벽을 네모나게 파놓은 곳이 보였고, 우리는 소지품을 챙겨 그 앞에 있는 돌 벤치에 앉았다. 네모난 구멍 너머로 우리가 단꿈을 떠올릴 때 어울릴 법한 초록 들판이 쫙 펼쳐졌다.

나는 다희에게 가져온 봉투를 내밀었다. 다희는 그걸 자기 무릎 위에 올려놓고 편지들을 꺼내 죽 펼쳤다. 그리고 조용히 그것들을 읽었다. 중간에 잠깐 고개 들어 위를 보더니 다시 읽어나갔다. "더 있어요?" 다희가 물었다.

"상자에 든 그게 다예요. 마흔아홉 통."

"마흔아홉이라?" 다희는 콧등 위로 내려온 안경을 밀어 올렸다. 그리고 엄마가 자기 파마머리를 그려 넣은 편지에서 잠깐 멈췄다가, 엄마가 문구점에서 골라 산 밝은색 반짝이 펜으로 쓴 편지를 휘리릭 넘겨가며 읽었다.

"그거 본 기억이 나요." 내가 말했다.

"혹시 최근에 읽어봤어요?" 다희가 물었다.

나는 혼자서 그것들을 읽고 싶지 않았다. 왜냐하면 내가 그것들을 죽였으니까. 그것들 없이도 살 수 있도록 그것들이 없는 셈 쳤으니까. "아뇨." 내가 답했다.

"이걸 직접 번역해 보는 건 어때요?" 다희가 물었다. "그러면 새로운 눈으로 읽을 수 있을 거예요."

"번역이요?"

"네, 은지 씨는 번역가잖아요!"

우리가 앉은 벤치에 다희가 기대어 세워둔 우산 주변엔 작은 웅덩이가 생겨 있었다. 다희가 편지를 모두 큰 봉투에 도로 집어

넣은 뒤 내게 건넸다. 다희는 모험을 좋아했다. 그에겐 두려움이 일시적인 것, 결국엔 극복할 망설임일 뿐이었다. "이렇게 훌륭한 딸을 두셨으니, 어머님이 참 운이 좋으세요."

나는 다희에게 잘못 생각한 건지도 모른다고 경고했지만, 다희는 절대 그럴 리 없다고 대꾸했다. 그러면서 편지가 손상되지 않도록 잘 보관하라고 주의를 줬다.

"얼마나 기대되는 일이에요! 그것만이 아녜요." 다희가 외쳤다. "모두 마흔아홉 통이라고 했죠." 다희는 자기 소지품을 챙겨 다시 나를 계단으로, 탑 바깥으로 데리고 나왔다. "사람이 죽으면 영혼이 저승으로 가기 전에 답을 찾으려고 이승을 떠돌아요." 다희는 비가 오는지 확인하고 나서 우산을 캔버스백에 집어넣었다. "그렇게 이승에서 저승으로 가기까지 49일이 걸려요. 그러니까 이게 은지 씨가 해야 할 일이란 뜻이죠."

나는 주차장에서 다희에게 인사하고 나서 그의 차가 도로로 나올 때까지 기다렸다가 다시 고개를 들고 집으로 걸어갔다.

여름이 끝날 무렵 뉴햄프셔주의 예술가 거류지로 향했다. 450에이커에 달하는 숲이 울긋불긋 물들어 가는 곳이었다. 오두막엔 먼지 낀 1988년산 스타인웨이 피아노와 흔들의자가 있었다. 나는 창가 테이블에 앉아 엄마의 편지를 번역했다. 그렇게 다시 참나무가 있는 데이비스 집 뒷마당에 살았다. 집에서 길 건너 잔디밭 공원으로 걸어가는 길. 학교 복도와 널따란 공항 터미널. 아침이면 찾아가 홀로 주위를 맴돌았던 담장 밑 작은 무덤. 그때 나는 마치 냄비 속 소스를 살살 휘젓듯 둥글게 울리는 한국말 소리도 낼 줄 몰랐고, 그 소리를 알아들어도 하나도 심란하지 않았더랬다.

화려한 단풍, 시시각각 어두워지는 숲을 바라봤다. 곧 저 멀리 도서관 불빛이 근방에 사람이 있음을 알리며 공중에 떠 있는 등불처럼 반짝일 것이다. 엄마는 청결을 좋아했지만, 나는 내 존재의 흔적이 남아 있는 게 만족스러웠다. 엄마는 표면을 싹싹 닦아 자기 흔적을 모조리 지웠지만, 나는 나 자신을 그대로 남겨두었다. 오두막엔 커피와 담배 냄새가 나고, 메모지와 종이, 널빤지, 사전이 제멋대로 놓여 있었다. 피아노 건반엔 손자국이 나 있었다. 흔들의자는 비뚜름히 놓여 있었다.

오솔길을 따라 걷다 보면 어느새 탁 트인 들판이 나왔다. 그렇게 걷다가 발길을 돌려, 차오르는 용기에 몸을 떨며 오두막으로 돌아왔다. 문이 닫히면 어린 시절에도 경험한 적 없을 만치 많은 양의 눈물을 펑펑 쏟았다. 아무 이유 없이, 그리고 오래전의 수많은 밤들을 생각하며 밤새도록 마음껏 울었다.

엄마는 5월 어느 아침 8시에 대전에서 태어났다. 딱 먹기 좋은 열은 황금색 콩알 같은 모습으로. 엄마는 2.3킬로그램이 채 안 되게 태어나 자신의 엄마 준에게 자비를 베풀었다. 리는 준의 약한 몸을 걱정했다. 하지만 두 사람의 딸은 이 사실을 알았는지 알아서 작게 태어나 그들의 삶 속에 얌전히 들어왔고, 두 사람 사이는 그대로 좋았다. 아기의 이름은 영이었다. 영은 준 없이는 단 1초도 견디지 못하고 목청이 찢어져라 울어댔다. 준은 화장실에 갈 때도 큼직한 직사각형 포대기로 영을 싸안고 갈 수밖에 없었다. 그러면 리는 문밖에서 기다렸다. 준은 딸의 얼굴을 보며 말했다. 우리 딸, 왜 이렇게 바락바락 울어대. 세상엔 기뻐

할 일이 얼마나 많다고. 하느님이 새로 만들어주신 눈으로 그게 안 보여? 아무것도 두려워 마. 복수 따윈 없어. 여긴 오직 우리 뿐이야.

뉴햄프셔에서 보낸 마지막 주엔 사람들이 모인 도서관의 한 방에서 내가 번역한 걸 낭독했다. 그림과 금박으로 장정한 책, 샹들리에가 있는 곳이었다. 나는 연단에 올라가 엄마의 편지 두 통을 읽었다. 자기 딸에게 편지를 쓰는 엄마가 되어서. 엄마가 잠깐 멈췄을 법한 곳에선 나도 멈췄다. 엄마가 픽 웃었을 대목에선 나도 픽 웃었다. 번역을 제대로 하려면 엄마의 목소리로 말해야 하니까.

다 읽고 나선 방 안을, 그다음엔 뒤창 너머 숲으로 이어진 오솔길을 바라봤다. 내 오두막의 현관 등이 마침내 꺼져 있었다.

낭독 후 목이 말라 본관 건물을 두리번거리는데, 그곳의 다른 입주자 한 사람이 내게 다가왔다. 노인은 맥주 캔 하나를 따더니 현관까지 나를 따라왔다. "아까 너무 급하게 떠났어요." 노인이 내게 말했다. "오늘 저녁에 돌아가나요?"

"네, 그럴 것 같아요."

"뭐 하나 물어봐도 돼요? 당신 아버지는 왜 혼자 가지 않았어요?"

"엄마가 한국에 가족이 있었어요. 같이 가고 싶어 해서……"

노인이 고개를 끄덕였다. "왜 당신을 데리고 가지 않았나요?"

"제가 여기 남겠다고 해서—"

"그 나이엔 그런 선택을 할 수 없어요." 노인이 말했다. "그 편지 내용을 듣는다면 누구라도 이런 질문을 할 거예요."

"네, 그럴지도 모르죠. 궁금할 거예요." 내가 답했다.

"하지만 아버지가 그 일을 택하지 않았다면요? 여기 직장은 괜찮았나요?"

"네, 근데 여기 그냥 계셨으면 그 정도로 좋은 직장은 못 다니셨겠죠."

"그런 이유라면, 난 잘 모르겠어요." 노인이 말했다. "그분들은 당신을 버렸어요." 노인은 들고 있던 캔을 뒤로 기울였다. 자기라면 그런 선택은 고려조차 하지 않았으리란 뜻이었다. "나는 딸이 둘 있어요."

"그러세요? 그런데 그 때문에 괴로우신지—"

"우리 부모님에 대해선 글조차 쓸 수 없어요." 노인이 말했다. "아직도 살아 계시죠."

"있잖아요, 저희 할머니들은," 나는 내 코를 가리키며 말했다. 일본에서 지낼 때 생긴 습관이었다. "저는 그분들 인생이 축적된 존재예요. 제가 지금 하는 말이나 행동이 과거를, 그분들을 위로할 수 있어요. 저는 그분들이 영영 사라졌다고 여기지 않아요."

"그거참 흥미로운 생각이네요." 노인이 말했다. "난 아직도 그럴 생각이 없는데."

"제 부모님이 제게 행복을 주시진 않았어요." 내가 말했다. "하지만 저를 놓아주셨어요. 제게 자유를 주셨죠."

노인은 웃으며 캔을 던지곤 자기 오두막을 향해 현관을 나섰다. 그러다 발걸음을 멈추고 돌아보더니 내게 물었다. "내 딸들도 나를 그리워할까요? 날 기다렸을까요? 당신이 부모님을 기다렸던 것처럼?"

10

우리는 마법처럼

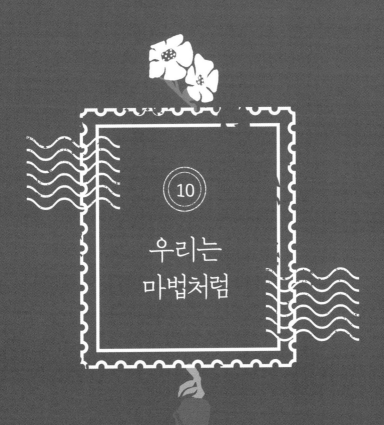

사랑하는 우리딸! 잘 지내고 있지?   ①

우리은지가 사는곳은 날씨가 어떤가? 한국은 너무 덥다.
게다가 꿉꿉하고 비가 많이와서 짜증나는 날들이
계속되고 있단다.
은지는 공부하느라 고생이 많은데 엄마는 놀기만 하면서
덥다고 투정하다니... 미안 하구나
공부는 대신 해줄수 있는게 아니니까 말이야.
지난번 편지 보낸지 일주일은 지난거 같은데
받았는지 모르겠다.

아빠가 드디어 카메라를 샀단다.
은지것, old one 그냥 쓰라고 그렇게 말했는데
맨날 찡찡(?) 대더니 인터넷으로 order 해서
받았단다. olympus 건데 별로 안좋은거 같애.
기냥 사는거 잘 사지 않고, Anyway 네꺼 새거 산거
you (내→I)
같이 Lens가 앞으로 나오는거 그런거 말야.
근데 조금 싼거 샀나봐. 또 받아놓고 찡찡 대더라.
어쨌든 이번 weekend에 놀러가재.
사진 찍고 싶나봐. 그래서 대둔산에 케이블카 타러
갈꺼야. Hot spring도 있나봐.
그래도 좋겠지? 그래 엄마는 여행 다니는거 좋아하거든.
다행히 (fortunate) 요즈음에는 아빠가 토요일 일요일만
되면 어디 가자고 해서 좋단다. 

은지가 들으면 부담이 되겠지만, 엄마 아빠는 은지한테
기대 (expectation)가 크단다. We know, we must
not expect too much of you. 그래도 생각만 하면
행복하다.
특히 (specially) 엄마는 나중에 공부를 열심히 안해서
후회가 많단다. 여러가지 이유가 있었지만 정말
많이 후회하면서 살았거든.

우리은지는 한번 열심히 해보면 좋겠구나. ②
평생 (whole life)에 밑거름(Base)이 될꺼야.
the more (all the more), 네자신 (yourself)
스스로도 자랑스러울꺼구, 나중에 은지 자식들 한테도
모범이 (good example) 될꺼야. 알지?
그래, 그런데 너무 힘들어 하지는 말어라.
(언제든지 그만 둘 수도 있는거니까.)
but, 너 자신과의 싸움이라 생각하고 우선은 최선을
다하면 좋겠구나. fighting !!!

엄마. 아빠는 또 미국에 돌아갈 생각을 하면
마음이 바쁘단다. 걱정도 되고.
그래도 기쁜 마음으로 세월을 보내고 있다.
(Time?)
이제 몇달 안 남았잖아!
돌아가면 우리 새끼들하고 자주 만나고 살아야지.
생각만 해도 행복하다.
또 엄마도 뭔가 일을 하게 될테니까 훨씬 더
즐겁게 살 수 있을것 같구나.
엄마는 일을 하고 싶고 아빠는 쉬고 싶어하고 그렇다.
"엄마는 일을 하고 싶다"

돈버는 일, 세상에 도움이되는일, 남을 도와 주는일
뭐든지 살아있다는 느낌이 생생한 일을 하고 싶다.
엄마도 능력 (ability)(capability) 이 있다는걸
보여주고 싶단 말이야. 엄마 스스로 한테 또
아빠하고 너희들 한테도. ( → 에이 잘못 그렸다.
주먹쥐고 엄지손가락 올린건데...)

우리은지!
항상 건강에 조심하고 밤에 잠 좀 잘자면 좋겠다.
엄마가 너무 보고싶어 하는거 알지?
사랑해, 우리은지.

8/17/2010

내 스물일곱 번째 생일날 엄마는 자동차 조수석에 앉아 있었다. 우리는 차를 몰고 시애틀에서 동쪽으로 세 시간 거리의 타이턴 외곽으로 가고 있었다. 워싱턴주 동부에서 일주일간 진행되는 시 창작 워크숍에서 나를 강사 자격으로 초대한 터였다. 우리 둘만 떠나는 여행은 처음이었다. 처음엔 초청을 거절했었다. 원래는 그렇지 않았는데 어느 순간부터 차를 타는 게 힘들어진 터였다. 하지만 엄마가 가는 길에 야키마의 사과 농장에 들를 수 있으면 함께 가주겠다고 했다. 엄마는 한껏 들뜬 목소리로 가을이 가버리기 전에 오빠와 아빠를 위해 사과를 한 상자 사 오고 싶다고 했다.

워크숍 실무자는 우리 숙소를 위스콘신가街에 인접한 2번 오두막에 배정했다. 낭독회가 열릴 창고와 가까운 곳이었다. 초록색으로 칠해진 오두막은 화장실 하나와 부엌, 퀸사이즈 침대를 갖춘 2인용 독채였다. 탁자 위엔 토요일에 열리는 연회 정보가 담긴 쪽지가 놓여 있었다. 도심지 근처에 식료품점이 하나 있고, 주변은 대부분 드넓은 평원이었다.

나는 탁자에 앉아 다음 날 아침 수업을 준비했다. 워크숍 책임자가 자기들 일정표에 넣을 수업 개요를 미리 보내달라고 요청했을 때, 나는 즉석에서 함께 무언가를 끌어내는 워크숍이 될 거라며 책임자를 안심시켜 놓은 터였다. 하지만 학생들이 오직 그들이 써주기만을 기다리는 새로운 시를 쓰도록 이끌 최적의 방법은 아직 모른 채였다. 사람은 저마다 너무도 독특한 의미 덩어리라서 절대 서로 이해할 리 만무하다지만, 우리는 마법처럼 서로에게 말하고 가닿는다.

엄마는 오두막 안을 좀 돌아다니다가 청소를 시작했다. 오는 길에 들른 마지막 휴게소에서 챙겨 온 냅킨으로 탁자 다리를 닦았다. 그러다 다리 밑바닥을 닦으려고 탁자를 들어 올렸고, 그

바람에 내 자료들이 바닥으로 우수수 떨어졌다.

"난 여기서 뭘 하지?" 엄마는 커튼을 젖히고 창틀을 손가락으로 쓱 문지르며 내게 물었다. "겉보기엔 깔끔해 보여도 먼지투성이에 엄청나게 낡았어." 엄마는 하던 청소를 멈췄다. "나, 청소 안 할래. 모텔에서 변기 뚫는 것도 점점 지긋지긋해지는 마당에."

나는 자료 뭉치를 집어 들었다. "정말? 음, 혹시 배고파?"

엄마가 창밖을 바라봤다. "여긴 정말 아무것도 없구나."

"때론 그게 좋을 때도 있지. 엄마 지루해?"

"배고파 죽겠어." 엄마가 말했다. "여기 네가 아는 사람은 있어?"

나는 자료를 내려놓고 엄마에게 설명했다. "지금 여기 있는 사람 전부 다 워크숍 참가자야. 다들 교사니까, 뭐든 궁금한 게 있으면 그냥 아무나 붙잡고 물어보면 돼."

"그 사람들한테 내가 네 엄마라고 말해야지. 혹시 네 언니라고 생각할지도 모르니까!" 엄마는 고개를 뒤로 젖히며 깔깔 웃었다. "근데 길을 잃으면 어떡하지?"

"마을이 손바닥만 해서 절대 그럴 리 없어."

"우체국이 꼭 박물관처럼 생겼더라. 보통 그렇게 하늘색으로 칠해놓니? 그렇게 앙증맞게 생긴 우체국은 생전 처음 봐."

"조금만 기다리면 나도 같이 갈 수 있어. 사진 찍고 싶은 거지? 먹을 것도 좀 사고?"

"아냐, 아냐." 엄마가 양손으로 얼굴을 감쌌다. "너는 네 일이나 잘 끝내."

"정말? 어디 가려고?"

"내 걱정은 하지 마." 엄마가 말했다. "목욕탕이 있으면 얼마나 좋을까! 그럼 서로 등도 밀어주고 할 텐데. 너도 나이 드니 피부가 예전처럼 반들반들하지 않아. 목욕탕에라도 좀 다녀오면 다시 윤기가 좌르르 흐를 텐데."

"그건 윤기가 흐르는 게 아니지. 그냥 벌게져서 몇 날 며칠 동안 온 등이 긁힌 채로 지내는 거지."

"그렇게 화내지 마." 엄마가 잽싸게 오두막을 나갔다.

엄마는 포일에 싼 부리토 두 개와 넉넉히 담은 소스를 가지고 돌아와 책상 위에 냅킨을 깔고 펼쳐놓았다. "자, 소풍을 즐겨보자고." 엄마는 부리토를 반으로 잘랐다. "수업 계획은 다 짰어?"

"마을은 어땠어?" 나는 말을 돌렸다.

엄마는 환하게 웃었다. "그 달랑 하나 있는 식료품점 말이야?

주인이 한국 여자더라. 내가 사과 좀 갖다주겠다고 했더니, 완전히 사투리 억양으로 나더러 무슨 그런 말도 안 되는 소릴 하냐는 거야. 여기 사는 자기도 사과를 무진장 쌓아놓고 있다면서 여섯 상자를 네 차에 실어주더라. 그 나이에 얼마나 힘이 세던지! 나랑 친구 하고 싶대."

"여섯 상자나? 그걸 다 어떻게 먹으려고?"

"무슨 소리야." 엄마는 눈을 동그랗게 떴다. "네 오빠랑 아빠가 사과를 얼마나 좋아하는데. 우린 사과를 하루도 안 빼고 먹어."

"두 사람이 어떻게 그 무거운 걸 옮겼어?"

"나랑 거기 가자." 엄마가 자리에서 일어섰다. "그 여자가 딸이 하나 있다고 해서 나도 딸이 있다고 했거든. 너 좀 자랑해야겠다. 그냥 인사만 하고 가게에서 껌 같은 거 하나만 집어. 너한테 공짜로 뭐 하나 준다고 했거든."

"껌은 엄마가 집어."

"아니. 네가 집어야—"

나는 자료 뭉치를 집으며 말했다. "이건 어떡하고?"

"오늘 네 생일이잖아." 엄마가 말했다.

나는 내일 수업을 어떻게 이끌어 갈지 아직도 정하지 못한 상태였다. "글쎄……"

"그냥 이거 하나만 해줘. 이게 더 중요한 거야. 안 그래?"

다음 날 아침 나는 내 워크숍을 두고 아무 계획도 없이 툴툴대며 오두막을 나섰다. 엄마는 나를 뒤따라오며 가볍게 인사를 건네는 모든 실무자에게 고개인사를 했다. 창고 근처 주방을 지나면서는 과일 바구니에 남은 마지막 바나나를 집어 들고 다시 나를 쫓아왔다. 그러면서 방충 모자를 쓴 어느 노인과 싸워 이걸 쟁취했노라고 의기양양하게 말했다. 수업은 여러 건물에서 진행됐는데, 내 수업은 종이 가게로 배정됐다. 열다섯 명까지 앉을 수 있는 기다란 작업용 탁자가 있는 곳이었다. 하지만 나는 먼저 하늘색 우체국 앞에서 자세를 잡은 엄마 사진부터 찍었다. "네 워크숍 말이야, 그거 이미 한 백 번쯤 한 거지? 그치?" 엄마가 물었다.

나는 가게 문을 열어 엄마를 들여보냈다. "아니."

엄마는 여분의 종이가 담긴 서류철을 들고 나를 따라왔다.

"혹시 모르니까." 엄마가 말했다.

학생들이 속속 도착하기 시작했다. 나는 일찍 도착한 스무 명의 학생을 위해 가게 안 여기저기에서 의자를 더 가져와 배치했다. 또 다른 네 명이 의자를 가지고 어슬렁어슬렁 걸어 들어왔다. 엄마는 뒤쪽 책장이 놓인 벽 앞에 뻣뻣하게 서서 학생들을 관찰했다. 엄마의 입이 벌어졌다가 닫혔다. 그러다 마침내 생기 넘치는 얼굴이 됐다. "안녕하세요, 안녕하세요." 엄마는 학생들을 반겼다. "어서 오세요. 여기가 제 딸 수업이에요."

학생들은 고개를 돌려 우리를 번갈아 봤다.

"차에 사과 여섯 상자가 있어요." 엄마가 공지했다. "혹시 사과 가져가고 싶으신 분?"

엄마는 두 시간 동안 나와 스물네 명의 학생과 함께 종이 가게 안에 있었다. 먼저 각자 자기소개를 할 때마다 손뼉을 쳤고, 우리가 조용히 앉아 글을 쓰는 동안엔 그림자처럼 방 안에 머물렀다.

나는 알키비치라는 곳에 관해 글을 썼다. 웨스트시애틀로 들어가는 다리를 처음으로 건너는데, 퓨젓사운드만 너머로 도시의 스카이라인이 펼쳐졌다. 나는 보랏빛 섞인 회색 모래사장에 한동안 서 있었다. 부둣가의 한 건물에선 수염이 잔뜩 달린 홍합도 팔고 시간당 얼마를 받고 자전거도 대여했다. 구리와 철로 된 간판이 바람에 흔들렸다. 노부부들이 꽃다발을 들고 덩굴로 뒤덮인 나무 정자 아래를 걸었다. 해변에서 노래하며 걷던 사람들은 어느새 북쪽 호를 향해 구부러진 길을 따라 시야에서 사라졌다. 나는 중심을 단단히 잡고 이곳 바닷가에 살면서 그 표지를 읽고, 바닷바람을 오랜 친구처럼 흠모하고 싶었다. 수평선을 가로지른 마천루는 내 손목에 걸린 팔찌인지도 몰랐다. 저 대관람차와 주 경기장, 항구의 배들처럼. 시를 쓰는 데 연습이 필요하듯 기쁨을 느끼는 데도 연습이 필요하다는 걸 나는 그제야 알았다.

누군가 자신의 사랑에 관해 써도 되냐고 물었다.

학생들이 종이에서 고개를 들어 쳐다봤다.

"아무거나 다 써도 돼요." 내가 말했다. "자기한테 생각할 거리가 되는 건 뭐든지 다."

그 시간 내내 엄마는 기다렸다. 또 한 시간이 지나 총 세 시간이 지났다. 그때 나와 눈이 마주친 엄마는 서류철을 들어 올리며 종이가 더 필요하냐고 묻는 시늉을 했다. 내가 다시 봤을 때 엄마는 이미 종이 한 장을 허공 위로 치켜들고 있었다.

≋

오후엔 전 참가자가 모인 창고에서 시를 낭독했다. 창고는 줄 조명과 주철 샹들리에, 의자 대용 짚단으로 장식되어 있었다. 나를 따라 창고로 들어온 엄마는 어느새 내 시야에서 사라졌다. 연단에서 보니 엄마는 문 가장 가까이 놓인 짚단 위에 앉아 있었다. 바깥 불빛에 윤곽이 도드라진 모습으로. 자기 몸을 껴안고 있거나 아니면 백지가 든 서류철을 가슴에 끌어안고 있는 듯했다.

낭독이 끝나자 엄마는 눈물을 훔쳤다. 그리고 창고에서 함께 앉은 이들의 손을 잡았다. 창고 안엔 연회를 준비하느라 조명이 켜졌고, 나머지 사람들은 모두 바깥으로 나가 모닥불 주위에 모였다. 노트에서 시선을 떼지 못하는 사람들은 저만의 공간에 계속 머무르려 했지만 엄마는 긴 포옹으로 그들에게 다가가 털어놨다. "제 딸은 우리 엄마를 생각나게 해요. 엄마도 시를 사랑하셨거든요. 엄마가 돌아가셨을 때 저는 울지도 못했어요."

엄마는 새 친구들을 뒤로하고 서둘러 나에게로 왔다. 뒤에서 한 학생이 몸짓으로 엄마가 너무 사랑스럽다고 했다. 나는 손을 내저으며 웃었다.

"무슨 일이야?" 나는 엄마에게 물었다.

"저 사람들이 나를 어떻게 보는지 봤어?"

"누가? 누가 어떻게 봤다고?"

"아니, 은지야, 그게 아니라." 엄마의 눈이 내 눈을 찾았지만, 나는 아무런 시선도 주지 않았다. "네 시는 한국에 관한 거지. 다들 나한테 뭔가를 물어보고 싶어 했어. 엄청 친절해. '이렇게 만나 뵙게 돼 정말 반가워요, 고 여사님' 이러면서."

"그래서 뭐라고 했어?" 두려움이 가시기는커녕 더 암담해진 마음으로 나는 엄마의 다음 말을 기다렸다. 설령 두려움이 현실로 실현되지 않아도, 몸과 마음은 그 차이를 인식하지 못하는 법이니. "왜 그래?"

"그 사람들한테 내 딸은 시인이고, 난 그 엄마라고 했어."

내가 뒤로 물러서자 엄마는 상처받은 듯한 표정이었다. "그리고 또?" 나는 엄마가 손에 들고 있던 서류철을 낚아채며 물었다. "또 뭘 아는데?"

“은지야, 엄만 그 사람들한테 너에 대해 말해줬어. 너는 마음속에 고통이 너무 많아서 시를 사랑한다고. 시를 쓰면 기분이 나아져서 너무 놀랐다고.” 엄마는 우리 앞에 상상의 책을 하나 펼치더니 책장을 넘기는 시늉을 했다. “그러다 곧 너는 네 시에 네 삶에 대해 묻기 시작했어. 너는 방에 앉아서 뭔가를 배우고 있었던 거야. 지금은? 얼마나 더 시를 쓰게 될지 너도 몰라. 어느 날 갑자기, ‘이제 시는 그만 됐어!’라고 말할지도 모르지. 근데 앞으로 어떻게 될지 너는 모르지만 엄마는 다 알아. 너는 본래부터 시인이 될 사람이었어. 전생에 죽으면서, 다시 이 세상으로 돌아와 사람들에게 진실을 말해주고 싶다고 생각했으니까.”

“그만해.” 나는 진이 빠진 상태로 말했다. “그만 말하라고 ”

“얼마나 더 나를 벌줄 거니?” 엄마가 물었다.

엄마는 내가 사과하기 전까진 오두막으로 돌아오지 않으려 했다. 하지만 나는 사과할 수 없었다. 마치 내가 더 크고 자랑스럽게 자란 게 자신의 양육의 결과이기라도 한 양 뿌듯해하는 엄마의 얼굴을 보면 어떤 기분일지가 떠올라서였다.

7개월 후 벨뷰에 장만한 부모님의 새집에 한국에서 손님이 방문했을 때 나는 우리 여행을 떠올렸다. 엄마는 보리차를 쟁반에 담아 거실로 가져왔다. 마룻바닥에 사각사각 슬리퍼 스치는 소리를 내면서. 새로 장만한 흰색 소파와 쿠션으로 거실을 꾸민 엄마는 나를 구슬려 손님들에게 인사시켰다. 나는 벽에 기대서서 카펫만 바라봤다. 한 손님이 엄마에게 물었다. "딸은 무슨 일을 해?"

"내 외동딸?" 엄마가 빙긋 웃으며 말했다. "얘가 올해 첫 집을 장만한 거 알아?"

"어디에?" 손님이 물었다. "어디 있는 집이야?"

"알키비치." 엄마가 말했다. "직접 가보지도 않고 샀어."

"해변에? 직접 가보지도 않고? 엄마 못지않게 대담한 딸이네."

"나보다 더 무서운 애야." 엄마가 말했다. "아주 뿌듯해."

"이제 그 집에 채워 넣을 것들을 사러 다녀야겠네."

엄마가 말했다. "손 좀 봐야 해. 근데 탁자 같은 건 전부 내 걸 줄 거야. 내가 죽으면 내가 쓰던 물건 처리하느라 신경 쓸 일 없게."

"자기가 새것 사려고 그러는 거면서." 손님이 엄마를 몰아세웠다. "혹시 나도 보태줄 게 있을지도 몰라."

"그건 자기 딸한테 먼저 물어봐야지. 그러다 딸한테 질투를 사서 나중에 외로운 신세가 되면 어쩌려고." 엄마의 말에 모두 깔깔 웃었다.

"너무 멀리 떨어진 데 아냐?" 손님이 내게 묻더니 엄마를 돌아보며 말했다. "아이고, 차 다 식겠네. 딸이 하는 일이 뭐라고 했지?" 며칠 동안 나는 우리가 떨어져 살았던 시절을 잊고 지냈다. 그러다 이 질문 하나가 다시 그 시절을 떠올리게 했다.

나는 잔을 입술로 가져가는 엄마를 흘깃 쳐다봤다. "아마 잘 이해 못 할 거야." 엄마가 얼굴을 찌푸리며 말했다. "우리 딸은 사람들에게 놓아주는 법을 가르쳐."

구름이 옅게 흩어진 1월의 어느 이른 아침, 엄마는 솥에 물과 소고기, 양파, 마늘을 넣고 팔팔 끓이다가 어슷하게 썬 가래떡을 집어넣고, 달걀흰자와 파를 넣어 마무리했다. 엄마가 그 뽀얀 국물을 국자로 저어가며 사기그릇에 담는 동안 창문의 블라인드 사이로 햇살이 들어와 아빠가 식탁에 놔둔 쇠젓가락과 숟가락에 내려앉았다.

“믿어져?” 엄마가 말했다. “오빠가 곧 여기 온다는 게.”

“오늘 하루 왔다가 가는 거지?” 내가 물었다.

아빠는 오빠가 앞으로 시애틀에 와서 사는 방안을 고려하고 있는 만큼 이번 방문이 특별하다고 설명했다. 오빠가 여기서 멀지 않은 곳에 일자리와 살 곳을 찾을지도 모른다고.

“네 오빠가 요새 자꾸 시애틀 얘기를 하더라고.” 엄마가 말했다. “아마 우리가 어떤지, 자기가 우리랑 함께 지내고 싶은지 확인해 보려는 거겠지. 이제 캘리포니아가 지긋지긋한가 봐.”

오빠가 현관문을 열고 들어와 우리 모두와 포옹을 나눴다. 엄마가 눈물을 흘렸다. “우리 아들, 우리 귀한 아들.” 우리는 떡국이 놓인 식탁에 둘러앉았다.

“배고파 죽겠어요.” 오빠가 말했다. 비행기를 타고 오느라 피곤해 보였다.

“저 문 좀 열어줄래?” 엄마가 뒷문을 가리켰다.

나는 미닫이문을 열어 주방을 환기했다.

우리는 다 같이 국물부터 맛봤다. “어때?” 엄마가 물었다.

"음……" 오빠가 말했다. "지금까지 엄마가 만든 거 중에 젤 맛있어요."

"엄마가 나한테는 이거 절대 안 만들어줘." 아빠가 장난스레 말했다. "오로지 너희들 먹이려고만 만들지."

엄마가 웃었다. "당신한텐 해줄 만큼 해줬어." 그러더니 떡국을 한 입 떠먹었다. "내가 요리를 좀 하지. 어떤 땐 나 자신한테 놀란다니까. 이거 정말 맛있네."

아빠가 자기도 깜짝 놀랐다고 하자, 엄마가 아빠의 팔을 찰싹 때렸다.

엄마가 식탁에서 일어났다. "갈비도 구웠어." 엄마는 가위로 갈비의 지방 부위를 잘라내고 나서 접시 위에 착착 쌓았다. 그리고 팬에 갈비를 더 올려놓고 김치전 반죽을 만들기 시작했다. 고춧가루가 걸쭉한 반죽 안에서 소용돌이쳤다.

오빠가 내게 물었다. "시애틀은 어때?"

"아빠는 뭐가 제일 좋은지 알아?" 아빠가 끼어들어 말했다.

"저는 은지한테 물었는데요." 오빠가 놀리듯 말했다. "모두가 항상 아빠 얘기만 하는 건 아니에요."

엄마가 키득거렸다. "아들이 같이 있으니 이제 당신이 대장이 아니네.”

“아내가 옆에 있는데 내가 어떻게 대장이 될 수 있겠어.” 아빠가 우는 시늉을 했다. 그러다 곧 멈추고 밥솥을 확인했다. 그리고 식탁에 놓을 큰 밥공기 네 개에 영양 많고 차진 밥을 다 먹지도 못할 만큼 가득가득 퍼 담았다.

“살 데는 찾았어?” 내가 오빠에게 물었다.

“더 나은 데를 찾을 때까지 잠시 머물 곳이 필요해. 또 사글세에 살고 싶진 않지만, 지금 당장 아무 데나 정착하는 거보단 낫겠지.”

엄마가 잠시 머뭇거리더니 아빠와 시선을 교환했다.

아빠가 목청을 가다듬었다. “그래서, 확실히 오는 거냐?”

“아뇨.” 오빠가 말했다. “아직 아무것도 결정된 건 없는 상황이라—”

“나처럼 도시 건너편에 사는 건 어때?” 내가 말했다. “우리 집에 있어도 돼. 아래층에 욕실 딸린 방이 있어. 차고도 오빠가 써도 돼.”

“오!” 아빠가 숟가락을 내려놓으며 말했다. “그거참 좋은 생각이네.”

"사실 나도 딱 그 생각을 했는데." 엄마가 말했다. "둘이 같이 살면 좋겠다고." 엄마는 김치전을 구우며 가장자리를 조금 뜯어 맛을 보더니, 맵고 짜면서도 맛있다고 했다.

오빠가 내 제안을 받아들이는 대신 "당연히 방세는 낼 거야"라며 우겼다.

"물론이지." 내가 답했다. "매달!"

"일단은 사양해야 하는 거 아냐?" 엄마가 나를 꾸짖었다. "네 오빠잖아. 말이라도 공짜로 있으라고 할 수 있잖아."

"딱 당신 딸이야." 아빠가 때를 놓칠세라 엄마를 공격했다. "우리 아들이 오는데 당신이 딸한테 불평할 일은 아니지. 이제야 우리가 다시 함께 있게 됐구나."

나는 아무 대꾸도 하지 않았다. 문득 이런 생각이 떠올랐다. 만약 내가 누군가에게 "우리 이 모든 걸 당장 멈춰요. 다시는 되돌리지 못하게 되기 전에"라고 말했더라면, 무언가가 달라졌을까? 하는. 자신의 고통과 자신이 야기한 고통이란 실은 같은 것일지도 모른다.

부모님 전화기에서 벨 소리가 울렸다.

아빠가 서둘러 나갔다가 돌아와, 처리할 일이 생겨 두 분은 다시 모텔에 가봐야 한다고 했다.

"아, 안 돼." 그러면서도 엄마는 떡국 그릇과 갈비 접시, 김치전, 반죽을 모두 랩으로 덮었다. "돌아오면 먹자. 오래 걸리지 않을 거야." 엄마는 코트를 껴입고 서둘러 현관을 나서며 우리를 불러 말했다. "아무것도 건드리지 말고 그대로 놔둬. 돌아와서 같이 먹자. 그럼 정말 맛있을 거야."

"아이고." 오빠가 한탄하며 웃었다.

우리는 부모님을 따라 진입로로 나갔다.

엄마가 가던 길을 멈추고 내게 물었다. "은지야, 너 아직도 차가 무섭니?"

"조금씩 저절로 나아지고 있어."

"있잖아, 우리 엄마가 살아 계셨다면, 널 무지 좋아하셨을 거야." 엄마가 말했다. "이제 네가 다 커서 내가 이야기할 사람이 생겼네. 그동안 얼마나 기다렸다고. 내가 여태 어떻게 살았는지 전부 다 말해줄게. 나중에 네게도 딸이 생기면 날 떠올리면서 그때 엄마가 이런 기분이었겠구나 할 거야. 그렇다고 네가 내 딸이라는 이유로 날 용서할 필요는 없어. 너는 날 위해 아무것도 할 필요가 없어, 알았지? 어차피 나는 널 위해 뭐든지 다 하려고 태어난 사람이니까."

아빠가 시동을 거는 동안 나는 두 손으로 엄마의 손을 꼭 감싸 쥐었다. 무언가가 되돌아오는 감정이 들었고, 엄마가 가야 한다는 사실이 이상하게 느껴졌다.

그리고 나는 엄마를 놓아주었다.

처음으로.

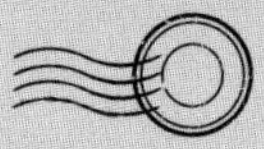

감사의 말

시종일관 흔들림 없이 나를 믿어준 케이트 매킨, 이 원고를 수없이 읽고 자료 조사에도 훌륭한 길잡이가 되어준 엘리엇 스티븐스에게 감사를 전한다. 귀한 시간을 나눠준 크리스털 해나 김, 조지프 한, 자히르 잔모하메드, 이언 산퀴스트에게도 고마움을 전한다. 마지 코크런, 크레이그 포펠라스, 엘리자베스 드메오, 앤 호로위츠, 앨리슨 두빈스키, 낸시 매클로스키, 몰리 템플턴, 제이컵 발라, 야시위나 캔터, 그리고 틴하우스북스의 모든 이가 내게 관심과 보살핌을 아끼지 않은 것에 감사한다.

훌륭한 학문적 업적을 남긴 브루스 커밍스, 소냐 량 등 앞선

작가와 연구자에게도 감사한다. 내 번역을 읽어준 동미 최와 에밀리 정민 윤에게도 큰 빚을 졌다. 니컬러스 레더 박사는 바로바로 사실관계를 확인해 줬다. 샌드라 실버스타인은 자신의 담론 분석 강의로 도움을 줬고, 리처드 블록은 자서전을 새로운 방식으로 바라볼 수 있도록 영감을 줬다. 이민진은 나 자신을 드러내라고 조언했고, 제임스 맥마이클의 시 「채소」는 그 시작이 되어줬다.

우리 엄마는 시시때때로 자기 부모님(준과 리) 이야기를 했다. 초토화작전(4·3 사건) 때 구미코 할머니는 남한 본토 여기저기에 살았지만, 할머니의 아버지가 돌아가신 시점엔 제주도에 있는 것으로 썼다. 그분들이 산에 숨은 이야기와 증조할아버지가 돌팔매질을 당해 돌아가시기에 이른 증조할머니와의 말다툼은 구미코 할머니에게 그 이야기를 들은 사람들의 기억에 따른 것이다. 증조할아버지에게 돌을 던진 사람들이 남한 경찰이었는지, 극우 반공주의자였는지, 아니면 공산주의 집단이었는지에 대해 확신하지 못하는 사람들도 있었다. 다만 한 가지 확실한 점은 그분이 무고했다는 것이다.

옮긴이 정혜윤

뉴욕주 롱아일랜드에 거주하며 전문 번역가로 활동 중이다. 옮긴 책으로 『H마트에서 울다』 『내가 알게 된 모든 것』 『디베이터』 『슬픔을 건너가는 중입니다』 『지금, 호메로스를 읽어야 하는 이유』 『작가의 책』 등이 있다.

마법 같은 언어

초판 1쇄 인쇄 2025년 2월 24일
초판 1쇄 발행 2025년 3월 10일

지은이 고은지
옮긴이 정혜윤
펴낸이 김선식

부사장 김은영
콘텐츠사업본부장 임보윤
책임편집 이승환 **책임마케터** 양지환
콘텐츠사업3팀장 이승환 **콘텐츠사업3팀** 김한솔, 권예진, 곽세라, 이한나
마케팅2팀 이고은, 배한진, 양지환, 지석배
미디어홍보본부장 정명찬 **브랜드홍보팀** 오수미, 서가을, 김은지, 이소영, 박장미, 박주현
채널홍보팀 김민정, 정세림, 고나연, 변승주, 홍수경
영상홍보팀 이수인, 염아라, 석찬미, 김혜원, 이지연
편집관리팀 조세현, 김호주, 백설희 **저작권팀** 성민경, 이슬, 윤제희
재무관리팀 하미선, 임혜정, 이슬기, 김주영, 오지수
인사총무팀 강미숙, 이정환, 김혜진, 황종원
제작관리팀 이소현, 김소영, 김진경, 최완규, 이지우
물류관리팀 김형기, 김선진, 주정훈, 양문현, 채원석, 박재연, 이준희, 이민운
외부스태프 디자인 데일리루틴 교정 김계영

펴낸곳 다산북스 **출판등록** 2005년 12월 23일 제313-2005-00277호
주소 경기도 파주시 회동길 490
전화 02-704-1724 **팩스** 02-703-2219 **이메일** dasanbooks@dasanbooks.com
홈페이지 www.dasan.group **블로그** blog.naver.com/dasan_books
종이 스마일몬스터 **인쇄** 민언프린텍 **코팅 및 후가공** 제이오엘앤피 **제본** 국일문화사

ISBN 979-11-306-6410-1 (03840)